魔王學院的不適任者 1

MAOH GAKUIN NO FUTEKIGOUSHA

～史上最強的魔王始祖，
轉生就讀子孫們的學校～

作者†秋
Illustration†
しずまよしのり

Kadokawa Fantastic Novels

MAOH GAKUIN NO FUTEKIGOUSHA

Keyword

神話時代

距今兩千年前，轉生前的阿諾斯所生存、充滿戰亂與混沌的時代。魔族、人類、精靈與眾神皆居住於同一個世界裡，特別是在魔族與人類之間，不斷重複著以血洗血的戰爭。

魔法時代

神話時代後，由於不再戰爭所迎來的和平時代。儘管被稱為魔法時代，但魔法技術跟神話時代相比，已退化到不成模樣。好幾個高度的魔法失傳，當中甚至有魔法連存在都被遺忘了。

四界牆壁 beno・iebun

暴虐魔王阿諾斯借助了勇者、創造神、大精靈之力所發動，將世界分開的大魔法，藉此隔離各種族所居住的世界。在至今為止的兩千年間，維持著和平的時代。

魔王學院德魯佐蓋多

本是培育支配者階級「魔皇」的魔族學校。不過由於魔王轉生的時期逼近，也肩負起職責，選拔該作為器皿的優秀魔族。校舍是直接利用過去的魔王城德魯佐蓋多。

七魔皇老

兩千年前，阿諾斯在轉生前用自己的血創造出來的七名魔族。並非經由交配，而是以魔法創造並賦予生命的存在。是因為在轉生之際，他需要有繼承自身血脈的肉體而準備的。

魔王族

於魔族當中特別繼承了暴虐魔王之血的人。能就讀魔王學院的，在魔族當中也只有魔王族而已。其中徹底繼承了始祖之血的魔王族之間，藉由締結婚姻關係，持續守護著純正血統的人們被稱為皇族，擁有崇高地位。

根源

蘊藏在世間萬物之中，作為其存在根本的概念。優秀的魔法使用者，能將生前的記憶保存在根源之中進行轉生，縱使肉體遭受毀滅，只要根源並沒有受損，就有可能使人復活。

魔王學院的不適任者

MAOH GAKUIN NO FUTEKIGOUSHA

～史上最強的魔王始祖，轉生就讀子孫們的學校～

作者 † 秋
Illustration † しずまよしのり

1

Kadokawa Fantastic Novels

§序章　【轉生】

神話時代。

有個毀滅人類國度、燒盡精靈森林，甚至誅殺眾神而被視為魔王，受到眾人恐懼的男人。傳說他暴虐至極，在他面前就連真理都會毀滅。

其名為阿諾斯・波魯迪戈烏多。

「──事情就是這樣，你們意下如何？」

坐在王座上，魔王阿諾斯交抱雙手說道。

僅僅如此，便已是足以讓一般人恐懼的言靈。唯獨如今在他面前的人物們，不需要操這個心吧。

受到連註定的宿命都能斬斷的聖劍所選上的勇者加隆。

一切精靈的母親，大精靈蕾諾。

以及創造出這個世界的創造神──米里狄亞。

左右世界命運、想必會流芳千古的四名人物，在魔王城德魯佐蓋多齊聚一堂。

「事情我明白了，條件沒有可疑之處。不過你事到如今才想談和？」

勇者加隆說道。

「沒錯。」

「魔王阿諾斯，你可知自己至今究竟殺害了多少人類？」

帶著冷酷的眼神，阿諾斯開口說道：

「那我反問你，勇者加隆，你可知自己至今究竟殺害了多少魔族？」

他原封不動地把加隆的質問還了回去。

人類與魔族究竟是哪方先拉開弓弦的？如今已不可考……不對，即使知道，事到如今也無法消弭過去的傷害。

起因恐怕只是無關緊要的小事吧。一方殺害了另一方，被殺害的一方再向另一方復仇，接下來就是不斷地重複——因為被殺了所以復仇，因為被復仇了所以殺害。憎恨在兩個種族之間並非重現，而是持續累積，使悲劇的連鎖加速到無法停止的程度。

人類與魔族都厭惡著與自己不同的種族，就這層意思上，雙方十分相似。

「要我相信殘虐至極的你所說的話？」

「如果我不殘虐又會如何呢？魔王阿諾斯要是不被恐懼，你們人類就會滿不在乎地殺害魔族。高舉著正義的旗幟，就連一絲罪惡感也沒有，甚至還會將凶手稱為英雄。」

「那是因為魔族暴虐無道。」

「但我要說是人類逼我們這麼做的。」

「你是想說魔族毫無過錯嗎？」

「我的意思是，戰爭沒有正義與邪惡之分。」

魔王阿諾斯眼神銳利地瞪向勇者。

「加隆，你們人類似乎深信著『只要打倒魔王阿諾斯，世界就能迎來和平』。但真的是這樣嗎？」

「當然。」

「不。你其實也明白吧，這只是個謊言。就算殺掉魔王阿諾斯，也只是在製造新的火種。人類與魔族，除非其中一方根絕，否則這場戰爭將會永無止盡。不對……」

阿諾斯不過就是開口說話，然而具備極大魔力的他光是這麼做，一字一句便散發著宛如魔法般的強制力。倘若是反魔法較弱者，甚至會毫無拒絕餘地地同意他的話語。

「縱使殲滅了魔族，人類依舊會製造新的敵人吧，接著將會輪到與自己不同的精靈。等到根絕精靈之後，則輪到創造自己的眾神。然後，等到殲滅眾神之後，接著就是人類之間的戰爭了。」

「的確，人類有著軟弱的部分。但我想相信人類，想相信人類的溫柔。」

阿諾斯咯咯笑了。

勇者加隆太善良了。他並非不知道人類的醜惡，而是儘管知道，依舊充滿勇氣，想相信人類的溫柔。

「那麼加隆，你不如順便試著相信魔王阿諾斯的溫柔如何？」

加隆沒有立刻答話。

他是在懷疑這項提議的真假吧。

「一如我剛才所說的，把這世界分為四塊——人界、魔界、精靈界、神界，並在四個世界間建立牆壁，作為千年不開啟之門。」

只要千年不相往來，對彼此之間的怨恨想必也會煙消雲散吧。

「將我這條命的一切轉化為魔力，由你們三人攜手合作的話，便能發動如此大規模的魔法。」

「甚至被稱為魔王的你，是打算為了和平而死嗎？。」

「那是你們擅自這樣稱呼的。況且這也不是自殺，待找到適當的器皿後，我就會轉生了吧。只不過下次醒來恐怕會是兩千年後呢。」

加隆陷入沉默。

不久後，他像是做好覺悟似的說道：

「……我明白了……我就……試著相信你吧……」

雖然是自己的提案，但魔王阿諾斯對此仍不掩驚訝。

他竭盡誠意地說明了一切。

也拿出這樣的做法對人類、精靈、眾神來說毫無壞處的證據。

只剩下情感上的問題、只有彼此之間累積的憎惡與怨恨。

正因如此，要講出這句話需要真正的勇氣。對方被稱為勇者的原因，魔王阿諾斯也在這時清楚明白了。

「謝謝。」

這句話讓加隆露出感到意外的表情。他微微一笑。

「沒想到我會有被魔王道謝的一天。」

「我也沒想到會有要向勇者道謝的一天呢。」

兩人的視線筆直交會。儘管立場不同，但雙方一直以來都認可著對方的力量與心靈的堅強。

如今，漫長的戰鬥終於要獲得回報了。

「那就立刻開始吧。」

魔王阿諾斯從王座上緩緩站起，然後朝著前方舉起手。在這瞬間，城內開始冒出無數漆黑的光粒子。

大量的魔法文字密密麻麻地畫在牆壁、地板與天花板等處。魔王城德魯佐蓋多儼然是個巨大的立體魔法陣。

「這具身軀是魔力的入口。」

阿諾斯走向前，毫無防備地露出身軀。

起初是大精靈蕾諾，然後是創造神米里狄亞將手掌朝向他。

釋放出超乎常理的純白波動，宛如在近距離看到的行星般，等同於無限的魔力團綻放閃耀的光輝。

就算是為了注入魔力，一旦毫無防備地承受如此龐大的魔力，哪怕是魔王阿諾斯的身軀也不會安然無恙吧？

最後是勇者加隆。他抽出聖劍。

「轉生的準備如何？」

「已經處理好了。來吧。」

彷彿火花飛濺般劈啪響起的激烈魔力奔流，發出震耳欲聾的尖銳聲響。

難以承受像是將這世上一切的魔力聚集起來的大魔法施展，魔王城德魯佐蓋多開始崩坍。

加隆蹬地衝出，猛烈刺出手中的聖劍。

注入魔力、化為純白光芒的劍身，宛如被吸進去似的貫穿魔王阿諾斯的心臟。

「咳……」

鮮血自阿諾斯的胸膛滴落，濡紅了他的嘴唇。

如此一來，宏願就實現了。已經厭煩了……對於戰鬥，對於這個世界，他已經感到厭煩了。

「……勇者加隆，再次感謝你。要是你轉生到兩千年後——」

「到時就當朋友吧。」

哼！魔王阿諾斯笑了。

「再會了。」

他的身軀伴隨著光芒消失了——

＊＊＊

兩千年後。

在某個人類家中，一名小嬰兒誕生了。

「親愛的……你看，生出來嘍，我們的小寶寶……」

女性——伊莎貝拉高興地抱著剛出生的小嬰兒。

身旁是她的丈夫格斯塔。

「真可愛呢！他會長成一名出色的男子漢喔。」

格斯塔戳著小嬰兒的臉頰。

「親愛的，想好名字了嗎？」

「想好了，他的名字就叫做——」

正當格斯塔即將開口的瞬間……

「名叫阿諾斯。阿諾斯・波魯迪戈烏多。」

格斯塔與伊莎貝拉張大嘴巴，眼睛瞪大到彷彿要掉出來似的，露出驚訝的表情。

「喔……雖說是兩千年，倒也只是一瞬之間呢。」

自言自語的他朝著嚇呆的夫妻看去。

「啊，抱歉，兩位該不會是首次見到轉生的嬰兒吧？雖然讓兩位受驚了，但這不會改變我在這個時代是你們孩子的這件事。請多指教了。」

「說……」

「說……」

「說？」

夫妻異口同聲地喊道：

「「說話啦啦啦啦！」」

轉生嬰兒會說話是當然的吧？阿諾斯露出這種表情來。

「這個身軀很難說話呢。稍微成長一下吧。」

小嬰兒阿諾斯身上浮現出魔法陣。

緊接著他便迅速長大，成長到六歲左右。

「總之先這樣吧。」

咚！阿諾斯跳到地上。

「什……喔、啊……」

「咦……啊、唔……」

轉頭看去，只見格斯塔與伊莎貝拉渾身顫抖，再度露出驚訝的表情……

然後異口同聲地喊道：

「「長、長……長大啦啦啦啦啦啦！」」

轉生嬰兒使用「成長(kurusuto)」魔法是理所當然的吧？阿諾斯露出這種表情來。

§1 【德魯佐蓋多的邀請函】

轉生後過了一個月。

在這段期間內，我稍微調查了一下兩千年後的這個世界。看樣子魔法術式似乎退化到比我想像還要低的水準。

首先，人類似乎就連「轉生（shirika）」魔法的存在都不知道。在我生存的神話時代，這是一般的魔法，只要是高階的魔法使用者，就算是人類，轉生也不是什麼罕見的事情。

只不過在如今的時代——儘管好像稱為「魔法時代」，至少轉生人類的存在卻似乎不為大眾所知。

要說到格斯塔與伊莎貝拉——也就是我的雙親是如何解釋我的表現，他們好像把我當成非常聰明的小孩，一出生就會說話，還具備著魔法才能。

「成長」在這個時代好像是高度的魔法，但勉強還算廣為人知。

既然不知道轉生的存在，這也是沒辦法的事吧。

只不過，我會轉生成為人類的小孩還真是意外。

兩千年前，我播下了種，施展魔法，用自己的血創造出七名部下，命令他們增加眷屬，因為完全的轉生需要繼承自身血脈的器皿。

如我所願，看來在這兩千年間，魔王阿諾斯的血脈沒有斷絕。只是沒想到就連人類都混到了我的血脈。

不對，考慮到魔族與人類停止干戈，會產生混血說不定是很自然的發展。

儘管經歷了這麼多，但看來就連我也在內心某處，認為魔族與人類無法和平共處吧。我轉生前所創造、將世界分為四塊的牆壁，在崩坍之前大約維持了千年，把人類與魔族隔離開來，讓彼此的禍根在這段期間內逐漸淡薄，最後煙消雲散。

之所以這麼說，是因為人類似乎不太清楚魔族的事。儘管我也曾試著問過雙親，但他們看起來果然不太熟悉。

他們似乎知道有名為魔族的種族住在遙遠的土地上，卻不清楚除此之外的情報。

但這也是因為此處是離魔界——也就是魔族的國度迪魯海德相當遙遠的地方吧。

「嗯？」

我的眼角餘光捕捉到微弱的魔力流動。

打開窗戶後，一隻貓頭鷹飛進屋內。牠拋下的信封落到我的手中。

是邀請函。邀請方的名義是魔王學院德魯佐蓋多。

「魔王學院……？」

德魯佐蓋多是我的城堡之名。不過魔王學院就不曾聽過了。

看來是在這兩千年內建立的吧？但這是怎麼回事？

正當我感到疑問時，飛進屋內的貓頭鷹開口說道：

「德魯佐蓋多是為了培育魔皇的學校，是為了迎接繼承暴虐魔王的血脈者，也就是在魔族當中也屬於王族的各位，並讓各位成為優秀魔皇所設立的設施。」

暴虐魔王嗎？真是令人懷念的稱呼，但指的就是我。儘管當時也經常以魔王阿諾斯稱之，但要流傳到後世，看來還是稱號會比較方便吧。

「奉暴虐魔王為始祖、讓與魔王始祖最為接近者成為治理迪魯海德各地的魔皇而君臨天下，乃是魔王學院的職責。您乃是繼承始祖血脈者，在此奉上德魯佐蓋多的邀請函，恭候您前來魔王學院就讀。」

與其說是繼承始祖血脈，倒不如說我就是始祖本人呢。

看來是沿著從我血液中溢出特有的魔力痕跡找到這裡來的吧？但使魔沒辦法窺看到更多的深淵嗎？

轉生後的這具身軀所流著的始祖之血，乍看之下相當薄弱。但只要透過魔眼仔細觀察，就會知道這整具身軀都是由魔王阿諾斯的血所變化而成。

照理說我應該是個剛出生一個月的嬰兒，對方卻仍送來了邀請函，可見他們只要偵測到始祖之血與一定以上的魔力，就會無差別地發送給滿足條件的對象。對於能使用「成長」魔法的魔族來說，年齡實在無關緊要吧。

「今年據傳也是魔王始祖轉生之年。」

會知道這件事，表示我轉生的日子有好好地流傳到今日呢。

「今年預定前往魔王學院就學的學生當中，有著稱之為混沌世代、備受期待的一群人，他們被視作可能是始祖的轉生。當魔王始祖歸來之際，德魯佐蓋多想必將會在全魔族的歡慶下變得熱鬧非凡。」

原來如此。也就是說，魔王學院是為了找尋轉生之後的我而設立的。

既然如此，這一趟非走不可。

況且我也想親眼見識一下我的子孫——那些稱之為混沌世代而備受期待的魔族們。

「邀請函我確實收下了。」

「由衷期待繼承始祖之血的您大駕光臨。」

貓頭鷹飛離了。

那麼，既然下定決心，打鐵便要趁熱。

要前往德魯佐蓋多，這副模樣應該不太方便吧。

我施展「成長」的魔法。光芒籠罩住全身，讓我的身體成長到十六歲左右。

我望向鏡子，上頭映著一名黑髮黑瞳的少年。儘管有種變得稍嫌斯文的感覺，但仍充分保留著我過去的面貌。哎呀，畢竟是轉生，在所難免吧。

離開房間，我走向家中的玄關。眼下是午夜，由於父母都已入睡，不會有人阻礙我偷溜出去吧。

帶著這種想法，我握住了玄關門把。

「是誰？」

身後傳來媽媽的聲音。

唔……糟糕，她醒來了嗎？成長過後的這副模樣會讓她認不出來是我吧。

總之為了解釋情況，我轉過頭去。

「小諾，你又長大了！」

媽媽一看到我的臉就這麼喊。

「真虧妳認得出我呢。」

「當然認得出來啦。就算稍微長大了一點，小諾也還是小諾啊。」

過去甚至擁有魔王稱號的我被喚作小諾還真是難為情。但好說歹說她都不肯改，也只好由她去了。

「這麼晚了，你是要去哪裡？外頭很危險喔。」

雖說是轉生，依舊不會改變如今的我是她兒子的這件事。既然被發現，看來我也沒辦法默默離開了吧。

「媽媽，妳知道魔王學院嗎？」

媽媽不知道似的歪著腦袋。

「我不清楚耶。那是哪裡的學校啊？」

「有點遠，位在迪魯海德。」

「這麼遠的國家的學校怎麼了嗎？」

「對方剛剛送來邀請函，問我要不要入學。我想去就讀看看。」

「不、不行啦，學校這麼遠太危險了！小諾才剛滿月耶。」

……唔，就算說我剛滿月……

雖然我的確才出生剛滿一個月，但把轉生者當小嬰兒看待實在讓人很困擾。

話雖如此，但她完全不信轉生這件事呢。畢竟媽媽就連魔王的魔字都沒聽過。

「迪魯海德這麼遠的地方，媽媽沒辦法去喔。附近有魔法學校，不能讀那裡嗎？」

「魔法學校沒有能教我的東西唷。而且我會一個人去，媽媽不用跟過來。」

「不行啦。我說過了吧，小諾才剛滿月呢。才這點年紀，沒辦法讓你獨自生活喔。

生活費要怎麼辦啊？」

「這種小錢我自己會賺。」

「要怎麼賺？這世上可沒這麼輕鬆——」

我在手掌上聚集魔力，創造出金塊。

「咦……騙人……這……不是用魔法做出來的假金塊……是真的耶……」

媽媽的工作是鑑定士，擅長貴金屬鑑定。

只要看到這個金塊，就能知道賺錢對我來說易如反掌了吧。

「小諾，這是怎麼辦到的？就連城裡的賢者大人都辦不到這種魔法耶。」

媽媽狀似相當驚訝。這也難怪，說到城裡的賢者，可是這個國家數一數二的魔法使用者。

就算是人類，要是連這種魔法都施展不了，在神話時代早就死了。看來這世上似乎變得相當和平。

「創造出這世上實際存在的東西，是創造魔法的基礎唷，媽媽。等到能創造虛構的金屬，像是祕銀或奧利哈鋼出來時，才算是達到初級呢。這對魔王阿諾斯來說就如同兒戲。」

要是這樣能讓她稍微相信我轉生的事就好了……？

「就、就算會使用很厲害的魔法也不行唷。況且小諾還在用阿諾斯稱呼自己不是嗎？聽好嘍？大人是不會用名字稱呼自己的唷。」

唔，問題居然是這點……

「話說回來，魔王學院是什麼啊？是學習什麼的地方？」

這下該怎麼辦呢？雖然要強行過去是很簡單啦。

「讓他去吧，伊莎貝拉。」

爸爸從屋內走了出來。

「男子漢所決定的道路是不該去制止的。」

「可是，親愛的，小諾才一個月大，而且我們也不太清楚魔王學院是個怎樣的地方。」

「俗話說『士別三日，刮目相待』。阿諾斯已經一個月大了，怎麼能不刮十倍的眼睛呢？哎呀，爸爸也沒有這麼大的眼睛就是了。」

唔……沒錯，在試著一塊生活了一個月後，我明白了一件事。

媽媽非常愛操心，爸爸則是有點笨。

「爸爸我是知道的喔，阿諾斯。既然叫做魔王學院，就是培育魔法師之王的學校吧？因為阿諾斯很擅長魔法，想去那邊鑽研魔法。」

「……大致上對了，大致上……」

其實完全不對，但就當作是這樣吧。

「去吧，阿諾斯。」

爸爸以可靠的語氣，像是在推我一把似的說道。

「可以嗎？」

爸爸微微點頭。

「不過，我們也要一塊去。」

……什麼？

「既然是孩子所決定的道路，在背後支持便是父母親的職責。話雖如此，但你才剛滿月，還太年輕了。」

「……還不到要讓爸爸擔心的程度就是了。」

嘖嘖嘖——爸爸豎起手指。

「看來你不懂呢，阿諾斯。知道嗎？孩子遠行，父母親是會寂寞的，因為你才剛出生，寂寞感也登峰造極了。」

爸爸特地用了艱難的詞句。我心想：他還是別勉強自己比較好吧。

「伊莎貝拉也很寂寞對不對？」

「嗯……我完全沒想過小諾會長大得這麼快……對不起呢。我想小諾大概是被神明大人賜予了驚人力量的神童，所以說不定會覺得媽媽很礙事。可是，就不能再稍微陪我一下嗎？」

我實在不知道該怎麼回答。

在轉生之前，我沒有父母。

母親死了。

父親不知是死了，還是拋棄了我。

至少我沒和父母說過話。

所以，儘管這根本無關緊要……

但——

「既然會寂寞，那就沒辦法了。」

聽我這麼一說，媽媽立刻綻開笑容。

「很好，那就這麼決定了！趕快準備搬家吧。沒什麼，別擔心，爸爸可是鐵匠呢！無論到哪都不愁吃穿啦！」

如此這般，我們一家三口決定要搬去迪魯海德了。

§2 【太過弱小的子孫】

幾天後——

我那令人懷念的城堡正門就在眼前。

由於城堡是作為立體魔法陣建造的，縱使經過千年歲月，那從容自若的模樣依舊健在。在城堡中心有著特別的魔力根源，就算重要部分遭到破壞也會自動加以修復。儘管在建立牆壁之際幾乎半毀，但如今已完全恢復原貌。要說到唯一改變的地方，就是名字變成魔王學院了吧。

周圍的人群陸陸續續地走進正門。是來接受入學測驗的測驗生吧。

「小諾，要加油喔。」

儘管都說不需要了，但知道有入學測驗的媽媽和爸爸仍特意跑到學校來送別。

「你要那個喔……那個……保、保、保保、抱持平常心喔！」

爸爸結巴得非常誇張。

「哎呀，爸爸你冷靜點。」

「好、好。看這樣子似乎沒問題呢。」

「嗯嗯。我們家的小諾才一個月大就這麼能幹了，一定會合格的！」

儘管是當然的事，其他魔族都沒有父母親陪同。

周遭的視線多少也讓人有點羞恥。

「那我走了。」

我轉身走向在正門前排隊的魔族隊伍。

「加油、加油，阿諾斯！加油、加油，阿諾斯！」

唔……爸爸還真是讓人傷腦筋……

不過，這就是人類的父母親嗎？雖然意外地感覺不壞，但該說是難為情還是什麼好呢？

「Hurray、Hurray，米夏！Fight、Fight，米夏！」

我的身後傳來不同於爸爸，令人害羞的聲援聲。

我朝聲音的方向瞥了一眼，看見滿臉鬍子的粗獷男子正握著拳頭大聲喊叫。

雖然多少混著魔族的血，但看起來是人類的血統比較重，就跟爸爸一樣吧？也就是人類了。

那名男子的視線前方，一名少女正無精打采地走著。是覺得太過羞恥嗎？她的臉上面無表情。有些長度的白金色側髮是捲成輕飄飄的豎捲髮，儘管正面難以看出，但她的

後髮留得比側髮要短。碧綠的眼睛、端正的鼻梁、保留著些許稚氣的表情，構成了一張可愛的臉蛋。

她身穿以黑白兩色作為基調的長袍，刺繡與造型是源自於魔族吧。這樣看來，或許她跟雙親都是人類的我不同，母親是魔族吧？

「加油、加油，阿諾斯！加油、加油，阿諾斯！」

走進正門前，爸爸的叫喊變得更加響亮。

剛剛的少女狀似感到不可思議地回頭，然後沿著爸爸的視線看到了我。

「啊……」

視線剛好對上了。

「彼此都很辛苦呢。」

聽我這麼一說，她靦腆地笑了。

「……嗯……」

少女簡潔地表示同意。

不知是拙於言辭，還是沉默寡言，她沒有再多說什麼。

但似乎不是在警戒我。

「我叫阿諾斯，阿諾斯・波魯迪戈烏多。」

話一出口，我才想到這樣說或許有點糟糕。

畢竟這是魔王始祖的名字。我心想：要是沒有造成不必要的騷動就好了。但反過來說，沒有特別需要隱瞞的理由也是事實。

反正終究是會知道的，只是時間早晚的問題吧。

「……米夏……」

出乎意料的，她並未提及我的名字。

「……米夏．涅庫羅……」

儘管她那毫不在意的表現讓我感到不可思議，這樣倒也不壞。

畢竟都過了兩千年，不是人人都會對魔王阿諾斯感興趣的。

「請多指教了，米夏。」

「……嗯……」

米夏依舊答得很簡潔。

當我們就這樣要通過正門時，一名男子擋在眼前。

淡褐色的肌膚、全身鍛鍊得宛如鋼鐵、蓄著一頭剪齊的白色短髮，外表年齡看起來約二十歲吧。

男子露出瞧不起人的壞心笑容，朝著我們說道：

「哈，居然讓父母親陪同參加入學測試，魔王學院什麼時候變成小孩子的遊樂場所啦？」

唔……這傢伙突然冒出來幹嘛啊？

「……喂，那是？」

「哎呀……這下可糟了……一旦被旁若無人的傑貝斯盯上，不曉得對方還能不能好手好腳地回家呢……」

看樣子，這傢伙似乎有點名氣。

話說回來，隊伍是朝著右側延伸的嗎？我記得那裡應該有座表演用的競技場。原來如此，是打算透過入學測驗測試實力吧。

「米夏擅長戰鬥嗎？」

「……不怎麼樣……」

也就是不擅長吧。畢竟世界和平了，這樣倒也無妨。

我們跟著隊伍往右側前進。

「你這傢伙……！喂，你這傢伙、你這傢伙！」

由於對方實在太過煩人，我於是轉頭看去。

只見方才的男人正瞪著我。

「哼，總算看過來啦。」

哎呀哎呀，明明是我的子孫，卻意外地沒禮貌呢。

稍微教訓他一下吧。

「抱歉，你的魔力太弱了，害我沒注意到。」

「你……說什麼……！」

男人隨即暴怒似的瞪大雙眼。

「竟敢侮辱我，你可知道本大爺乃是魔公爵傑貝斯．印德嗎？」

「魔公爵……？抱歉，我連聽都沒聽過。很有名嗎？」

啊，原來如此。這並非源自神話時代，而是在這不足兩千年的歲月中剛冒出來的外號吧。

「喂，你這傢伙，要道歉就得趁現在喔。」

相當冷酷的聲音。

傑貝斯投來毫不留情的眼神，緊握起拳頭，同時聚集魔力粒子，在手上畫出數層魔法陣。

一、二、三……是五層的多重魔法陣嗎？

接著他張開手掌，召喚出將黑暗凝聚起來的漆黑火焰。

「什麼……！」

「看看你，嚇到了嗎？很好，跟我求饒吧！只要舔我的鞋子，我就放你一馬。不然的話，要我用這號稱就連眾神都能燒盡的黑焰——『魔炎(guresude)』將那位小姐的臉蛋燒得和骸骨一樣也沒問題喔。嘻哈哈哈哈哈！」

還、還……

還真是低水準的魔法術式。就為了施展這種程度的「魔炎」，特地畫了五層之多的多重魔法陣嗎？

即使是我，也不免對他在誇下這麼大的海口後，展現出這種比小孩子玩火還要不如的魔法感到驚訝。

儘管是我的子孫，卻連魔力也不行，還真是可憐的傢伙。

「我沒興趣陪無名小卒玩就是了。」

呼！我吹了口氣。僅僅如此，傑貝斯在手掌上召喚的「魔炎」就被立刻吹熄了。

「……什……什麼……怎麼會？這怎麼可能！」

這傢伙瞪大眼睛，發出慘叫般的聲音。

「你這傢伙，你這傢伙……到底……做了什麼……！」

「你在驚訝什麼？我只是把火柴的火給吹熄罷了。」

「說我的『魔炎』是火柴的火……！」

說到底，我和傑貝斯在使用魔力的方式上有著根本性的差異。他是拚命地聚集魔力，竭盡全力地在施展魔法。但我在施展魔法時，會自然地帶著魔力。

在神話時代要是做不到這種程度可就死定了。哎呀哎呀，和平痴呆竟然會讓魔法退化到這種程度嗎？

不過這也表示現在是個美好的時代吧。因為就連如此弱小的魔族，都能誇下這麼大的海口。

「你這傢伙……這種侮辱……你別想活著回去……」

只不過……雖然我覺得不太可能，但這傢伙……該不會還沒察覺彼此程度的差距吧？

「給我稍等。」

我一出聲，傑貝斯的身體立刻像是被綁住似的動彈不得。

「……怎麼了？」

「沒……沒、辦法動…………你、你做了什麼……？」

啊，原來如此，是被我話語中帶有的魔力強迫了吧。

才這點言靈就能讓他乖乖聽話，看來對方只具備相當薄弱的反魔法能力。

「你就暫時在這裡反省吧。」

話一說完，傑貝斯便露出非常抱歉的表情。

「我太失禮了……不該用這種口氣對初次見面的人說話……啊，要是有洞，真想鑽進去……真是非常抱歉……」

像個稻草人般站著不動的傑貝斯不斷反省著。

看到他這副模樣，方才的測驗生們驚呼連連：

「……那傢伙太厲害了，居然能讓那個傑貝斯道歉……」

「是啊，而且你看到了嗎？他居然瞬間就把『魔炎』消掉了，是相當高明的反魔法使用者喔……」

「……雖然是沒看過的傢伙，但說不定會成為混沌世代的黑馬呢……」

還真是誇張啊。無論如何，我有控制住聲音，就算是那傢伙的魔力也只要十分鐘就能解除控制了吧。

「抱歉讓妳久等了。我們走吧。」

我朝著等我的米夏這麼說道，邁開步伐。

「……阿諾斯……」

她低聲叫住了我。

「什麼事？」

「……很強……？」

哈！我忍不住笑了出來。

「我不否認。但此時這麼說並不恰當。」

米夏愣了一下，微歪著頭問道：

「……怎麼說才恰當？」

「是那傢伙太弱了。」

我們走進作為測驗會場的競技場。

§3 【實戰測驗】

隊伍在競技場的所在區域分散開來。

附近排列著騎士的銅像，停在上頭的貓頭鷹說道：

「請依照邀請函上所記載的字母排隊。」

我確認收到的邀請函，上頭寫著F的文字。

「米夏呢？」

「E。」

她將邀請函翻過來給我看。

每排隊伍的最尾端都飛著一隻貓頭鷹，拎著寫有字母的羊皮紙。也就是要排進跟邀請函對應的隊伍吧。

「那麼，一旦入學，還請多多指教了。」

「嗯。」

我與米夏分開，排著F的隊伍。儘管隊伍前端相當遙遠，但我試著用遠望的魔眼確認情況。看樣子是要一個接一個輪流走進休息室裡。

輪到我似乎還需要一點時間，畢竟光是這排隊伍就大略有一百人了。全部的隊伍加起來約有七百人吧。

雖說過了兩千年，沒想到居然能增加這麼多子孫。看來我也無須擔心血脈斷絕了呢。

我一面想著這種事，一面心不在焉地等待時間流逝。

過了一會，我來到隊伍前端，眼前是休息室。我一走進室內，發現裡頭待著的又是貓頭鷹。

不過這究竟是誰的使魔啊？

看上去感受不到魔力的痕跡。看來是為了不讓人察覺主人是誰，巧妙地隱藏起來了吧。

也就是說，即便是這個時代，依舊有人會使用稍微正經一點的魔法。

「歡迎蒞臨魔王學院。現在開始說明實戰測驗的內容。」

邀請我們過來，卻要進行測驗，代表邀請並非用來判斷能否入學的基準嗎？

嗯，說不定也有這層意思在，但最主要的目的無疑是要找出魔王始祖。

我這次是第一次轉生。保有記憶轉生應該不是什麼罕見的事，然而遺留下來的魔族們也不清楚我會保有多少身為魔王阿諾斯的自覺吧。

關於「今年入學的學生裡有魔王的轉生者」這點也是。據說混沌世代備受眾人期待，也就是說，他們已經展現出相符的實力了吧。既然如此，想必不會跟我一樣才剛誕生一個月。

學院恐怕是認為魔王始祖不會作為嬰兒出生，而是會轉生到已經出生且具備強大力量的器皿身上吧，或是認為可能出現轉生後不會立刻恢復力量與記憶的情形。

雖然只要我報上名字就能解決了……不過都準備到這種程度了，陪他們玩玩也可說是一種禮儀。

「這場實戰測驗中，測驗生們必須在競技場上決鬥。戰勝五人者在通過魔力測量與適任性檢查後，便會獲准就讀魔王學院德魯佐蓋多。遺憾的是，敗者將會被視為不合格。」

既是魔王始祖，就絕對不可能輸……嗎？

再加上只要看到對方使用的魔法，便能判別他是不是始祖了吧。

雖然是稍嫌單調過頭的測驗內容，但仍算是妥當的安排吧。

「允許使用一切武器、防具與魔法具。有什麼問題嗎？」

「沒有。」

「那麼，願始祖祝福你。」

我推開休息室內側的門，昏暗而細長的石板道路漫長地向前延伸。

儘管是自己的城堡，但此處本來是讓鬥士們戰鬥作為表演的場所，這還是我第一次從這裡走過呢。

我筆直地走在通道上，不久後就看到外頭傳來的光線。

步出通道，眼前是被高聳的牆壁團團圍住的圓形競技場。

在高於牆壁的位置上設有觀眾席，上頭稀稀疏疏地坐著魔族。

全員都穿著相同的制服，看來是魔王學院的學生吧。

傢伙。

「呦，我們又見面了呢。」

競技場對面有個淡褐色肌膚的男人，是我方才稍微教訓了一下，似乎叫做傑貝斯的傢伙。

唔，對付這種無名小卒，很難讓大家理解到我就是始祖。那麼，該怎麼做好呢？

「你這傢伙是耳聾了嗎，啊？」

我沒有回話，然而向前走了兩、三步後，後方的通道便被魔法屏障封閉了。

見狀，傑貝斯得意地說道：

「哎呀，這麼擔心退路被封住了嗎？」

「怎麼會？只是覺得你無路可逃很可憐罷了。但我不會殺你的，放心吧。」

傑貝斯憤恨似的啐了一聲。

唔，我可是出於好心才這麼說的，真是沒禮貌的男人。

還是說他其實是個直到現在都還沒理解到彼此實力差距的蠢蛋嗎？

「先說好，我可不像你這麼天真。等你那張裝模作樣的臉布滿恐懼、哭得稀里嘩啦後，我就會殺了你喔。」

我忍不住咯哈哈地大笑起來。

「咯咯咯……哈哈哈！哎呀哎呀，你說要殺誰？我嗎？」

我睥睨著傑貝斯。

「秤秤自已有幾兩重吧，小丑。」

雖然話語中自然地帶有魔力，傑貝斯卻沒有被迫執行這道命令。

他身上的深灰色鎧甲展開了反魔法的魔法陣。

「哈！這招已經對我沒有用啦。這副反魔鎧甲可是有著能封印任何魔法的魔力。」

原來如此，就是因為依賴這種鎧甲，才不擅長反魔法啊。

儘管是我的子孫，但還真是個丟人現眼的男人。

「允許使用武器、防具與魔法具，根據其中一方死亡或投降宣言決定勝負。」

從上空傳來的貓頭鷹之聲響徹整座競技場。

「那麼，實戰測驗開始！」

傑貝斯立刻抽出掛在腰上的劍。

劍身灼灼地燃燒著。

「嚇到了吧？魔劍傑夫利德可是我印德家代代相傳，以太古之焰鍛造而成的劍，能將我的魔力增幅十幾倍之多。縱使你似乎很擅長反魔法，也無法滅掉這把劍的火焰。」

「唔……你該不會不擅長算數吧？」

傑貝斯一面縮短距離，一面散發怒氣。

「你想說什麼？」

「一就算乘上十幾倍也只有十來多對吧。」

「聽你胡扯！」

傑貝斯蹬地衝出，下一瞬間便見他出現在眼前，我已納入魔劍傑夫利德的攻擊範圍內。

「去死吧。」

呼哇——我忍住哈欠。

只不過還真慢呢。

要是手上有劍，我早就砍了他不下百次。不過在兒戲中認真起來未免也太不成熟了，就陪他玩玩嘍。

姑且不論武器，既然使用者是這副德性，應該沒必要特意躲開吧。

橫斬過來的魔劍傑夫利德觸碰到我的後頸——心不在焉的我直到這時才首次正眼看了那把劍一眼。

糟糕！我在千鈞一髮之際避開了那把魔劍。

「喔，很會閃嘛。」

唔，真是危險。要是劍身再推進幾毫米，就會被我身上隨時帶有的微弱反魔法給折成兩截了。

既然是印德家代代相傳的劍，也就是傳家寶吧。即使再怎麼沒用，把這麼重要的東西折斷，多少還是會讓我的良心受到苛責呢。

只不過——

「這就是魔劍嗎？」

「正是，你是第一次見到嗎？有別於現代的魔法，是真正的魔法。沒錯，這就是蘊藏魔性的古劍、神話時代的產物——魔劍傑夫利德！」

……這玩意兒是魔劍啊。

與這種東西相比，神話時代滿地都是的木棒蘊藏的魔力還比較多。

說是神話時代的產物，應該是買到假貨了吧？真正的魔劍擁有自己的意志，甚至會以那龐大的魔力侵蝕持有者。

就連「魔劍」這樣的詞彙也變得相當廉價了呢。

「唉……」

我忍不住嘆了口氣，魔劍傑夫利德的火焰隨即消失了。

「呃……咦咦？」

伴隨著傑貝斯那粗俗的悲鳴，觀眾席上也傳來驚呼。

「……難、難以置信……！那傢伙把魔劍傑夫利德的火焰給滅了……！」

「居然滅掉了據說直到世界末日都不會熄滅的太古之焰……而且甚至看不出來有展開魔法陣喔……！」

傑貝斯咬牙切齒。

「你這傢伙該不會用了封印魔法……！」

「沒什麼，只不過是把火給吹熄罷了。即使是這把劍蘊藏的魔力，我想也只要數年就能再次點燃吧。」

傑貝斯露出苦澀的表情。

「……封印魔法加上強制魔法，看來你確實累積了驚人水準的魔力。但你所會的魔法似乎並不適合戰鬥呢，所以你打算如何突破這件反魔鎧甲？」

唔，雖然這副鎧甲看來只要輕輕摸一下就會粉碎，但這麼做感覺好像不太成熟？

「就算突破，似乎也沒辦法自豪呢。」

「喔，你怕了嗎？」

「不，我有個有趣的提案。說起來，我跟你本來就不該用相同的條件比試。」

傑貝斯警戒似的瞪著我。

「來比場讓步賽吧。接下來我將一步不動、不展開魔法陣、話語與呼吸也不夾帶魔力。別說手腳，就連眼睛與頭髮也不用，甚至不眨眼地打敗你。」

「哈！要虛張聲勢也給我適可而止吧。還是說這是你輸掉時的藉口？看樣子你的魔法並不適合戰鬥，是……」

傑貝斯吐血了。

「……怎麼可……能……這是……」

「聽見了嗎？」

「撲通」的聲響。

「那是心跳聲。」

我將魔力注入心跳，透過這股聲響震盪傑貝斯的體內。儘管他穿著反魔鎧甲，卻說不上是什麼上等貨色。反魔法的魔法陣上有著幾個缺口，讓我的心跳聲得以穿過。

「咳……哈……」

傑貝斯全身噴血跪在地上，接著向前倒下。

「唔……真讓人困擾。這麼弱的話，要是我不小心心跳加快，周遭的人豈不是全死光了？」

§4　【魔王的常識，兩千年後的非常識】

我準備轉身離開，背後卻傳來叫喚聲。

「給我……等等……」

傑貝斯搖搖晃晃地想站起來。然而他畢竟傷成這樣，身體不聽使喚，只能在地上爬行。

「立刻接受治療的話應該還有救吧？投降吧。」

「哈！我就知道是這樣，你這魔王族的恥辱……就連給敵人最後一擊也不敢，還真虧你繼承了始祖之血……」

他說的魔王族是指魔王的血統嗎？

說什麼繼承血統，我就是始祖本人呢。

「別說太多話。會死喔。」

「殺了我。」

「就算你這麼說，但像你這樣的無名小卒，實在不值得我殺。」

這下該怎麼辦呢？

「哈！做不到嗎？那就想辦法讓我投降啊。先說好，我可是死也不會投降的！」

原本想說只要命令他投降，這件事立刻就結束了。不過……

「我知道你在想什麼，你打算使用強制魔法吧？來啊，試試看吧！誰教你是不這麼做，就沒辦法讓我投降的雜碎呢！哈哈哈，喝哈哈哈哈哈哈——呃啊！」

我踩住傑貝斯的頭，把他的臉壓在石板地上。

「哎呀哎呀，你太囂張了呢。居然打算沉浸在這種無聊的優越感之中，真是讓人不齒的傢伙。」

不過，他倒是說了個有趣的提議。

「假如不使用強制魔法，就連要讓你投降都辦不到……是嗎？」

「……我……我說的沒錯吧……雜碎……！」

儘管被踩著頭，傑貝斯仍不甘示弱地回嘴。

以小癟三而言，算是相當到位的反派角色呢。

「嗯，這是段有趣的餘興，我就接受這個挑戰吧。只要不使用強制魔法讓你投降就算我贏；如果辦不到，就算你贏了。」

「啥？說這種大話，你辦得嗎？我可是死也不會投降喔……！」

我在眨眼間發動「契約(zekuto)」的魔法。

上頭記述著假如我無法在不使用強制魔法的情況下讓傑貝斯投降，我就得投降的條件。

「契約」是絕對的，術者及在契約上以魔力簽字之人皆無法違背這項契約。

傑貝斯毫不遲疑地簽字。

「笨蛋……就算你再怎麼折磨我，我都不會投降……你儘管後悔吧……嘻哈哈哈！」

我將食指移到傑貝斯的額頭附近。

「啊？你是打算——」

彈出手指。

「——怎樣…………」

傑貝斯整個人灰飛煙滅了。

「……喔喔，我還以為自己已經很手下留情了，但這樣就死了啊……原來如此。」

哎呀哎呀，這樣就算我輸了。

真沒辦法。

我用指甲割破食指指尖，滴下一滴血。

這是「復活(ingaru)」魔法。

傑貝斯全身遭到重新構築，以無傷的狀態復活。而且我還幫他稍微強化了鎧甲與劍。

「什麼……？那是什麼魔法？應該死掉的傑貝斯復活嘍……！」

「居然讓死者復活了……？這種魔法實在超乎常識！」

有什麼好驚訝的？不過是讓傑貝斯死而復生，觀眾席那邊就騷動起來了。要是無法使用這種程度的魔法，一旦死掉可就真的是死了耶。

「什麼……我這是……？」

傑貝斯一臉茫然地看著我。

「怎樣？死過一次的感覺如何？想投降了嗎？」

「笨……笨蛋……誰要投降——啊……！」

我再次彈指殺死傑貝斯。

「咯哈哈，不小心又殺掉了呀。算了，只要在三秒之內使用「復活」，就能毫無風險地讓他死而復生了。這就是俗稱的『三秒規則』。」

宛如退潮一般，觀眾席「唰」地安靜下來。

唔，我也真是的，看來是說了個冷場的笑話？

這個「就算殺了也只要在三秒內復活就沒事」的「三秒規則」，在神話時代可是招牌笑話……哎呀哎呀，想不到現在挺不受歡迎呢。

畢竟過了兩千年，連笑話的文化也變了嗎？不僅如此，大家似乎還露出一臉恐懼的表情。我的笑話有這麼冷嗎？

在搞懂魔法時代的笑點之前，看來我得先忍著別裝傻了吧。

「咦……！」

憑藉「復活」起死回生的傑貝斯望著我，露出害怕的表情。

接下來就以不會留下心理創傷的程度，試著稍微威脅他吧。

「雖然你說死也不會投降，但你該不會以為一輩子只會死一次吧？」

傑貝斯沒有回話，直打哆嗦。

「好啦，要我再問一次嗎？想投降了嗎？」

傑貝斯瞬間露出絕望的表情，卻還是以細微的聲音說道：

「誰、誰要——呃啊……！」

我想說只差臨門一腳，便試著再殺了他一次。

雖說能復活，但「復活」要使用一滴血還真是麻煩。

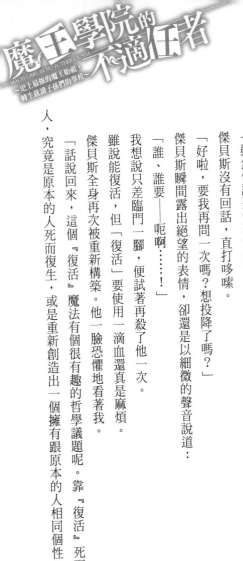

傑貝斯全身再次被重新構築。他一臉恐懼地看著我。

「話說回來，這個『復活』魔法有個很有趣的哲學議題呢。靠『復活』死而復生的人，究竟是原本的人死而復生，或是重新創造出一個擁有跟原本的人相同個性、相同記憶、相同肉體的別人？對於這個議題，你認為是哪一邊呢？」

傑貝斯的牙齒喀喀作響，嘴唇顫抖不已，臉上毫無血色。

「你、你這……你這傢伙……居然做出這麼殘忍的事……」

「喔，沒興趣嗎？在我的時代，這可是相當熱門的話題呢。」

畢竟笑話的文化不同，會對怎樣的哲學感興趣，看來果然是根據時代而定的呢。

「那麼我就再殺你一遍吧。」

「你、你……別這麼輕易地說殺就殺啊……」

我哈哈大笑，露出了就連自己都覺得相當爽朗的笑容。

「你怎麼了？講出來的話突然變得這麼老實。反正就算死也不是真的死啊。」

我隨口說道，接著將指尖對準傑貝斯的額頭。

「你……你、你……稍、稍等一下……？」

「嗯？」

唔，糟糕，手指滑了一下，不小心殺了他。我也真是的，似乎仍不習慣轉生後的肉體。虧他剛剛好不容易要說些什麼了呢。

算了，反正復活就好——我抱著這種想法，使出「復活」。

「你、你這傢伙……！就叫你稍等一下了吧！」

「咯哈哈，抱歉，手滑了。」

「你笑什麼笑？該死！誰受得了被手滑殺掉啊！」

「喔，挺有精神的嘛。既然如此，我就再殺你一次。」

我把手指移到傑貝斯的額頭上。

他隨即畏縮了起來，眼睛喪失神采。

「……稍、稍等一下……」

「嗯？怎麼啦？居然要人在戰鬥中等你，還真是奇怪的要求。」

「是我……」

儘管臉上滿是屈辱，但他確實這麼說了：

「是、是我輸了。我投降。」

什麼嘛，還真讓人沒勁。

「才玩這點時間，真是沒毅力的傢伙。我本來還想再殺你一萬遍左右耶。」

我為了表明自己沒有敵意而帶著笑容向他開了個玩笑，傑貝斯卻不知為何嚇到似的渾身顫抖。

「……居然將那個傑貝斯……宛如小孩般的戲弄著……」

「……太過壓倒性了……那傢伙究竟是誰？是個沒看過的生面孔耶……」

觀眾席傳來這種聲音。

§ 5 【皇族】

「傑貝斯‧印德承認投降。勝利者是阿諾斯‧波魯迪戈烏多。」

伴隨貓頭鷹的宣言，出入口的魔法屏障解除了。

然而讓人感到不可思議的是，儘管我報上了魔王阿諾斯之名，觀眾席上的人們卻一副彷彿從未聽聞的反應。

該不會是假冒魔王之名的不肖之徒太多，事到如今大家已經不以為意了吧？

變得太有名也很傷腦筋呢，但只要用實力證明就好了吧。

「是場相當不錯的比賽呢。」

為了讚揚彼此的善戰，我向傑貝斯伸出手。

他卻像是嚇到似的，身體抖了一下。

「混、混帳東西！竟敢瞧不起我！給我記住！」

拋下很有小癟三風格的狠話後，傑貝斯逃了回去。

唔，比賽結束後明明就無冤無仇，那傢伙為什麼會這麼生氣啊？

儘管他確實是因為我而不合格，但我也沒有取他性命，下次再來參加測試不就好了？

倒不如說他在和我戰鬥後可是還能好手好腳的回去，若是神話時代的魔族，應該會是足以讓人感動落淚的無上幸福吧。

「休息十分鐘後，再請你與下一位測驗生進行決鬥。」

「不需要。」

這種連暖身運動都不算的決鬥，每打一場就要休息十分鐘，即使是我也會閒到發慌。

畢竟之後還得跟四個人打，我想祈禱至少別是無名小卒。

「基於阿諾斯·波魯迪戈烏多的要求，休息省略。」

此時，在傑貝斯逃回去的通道方向上，我望見了迸發的魔力流動。

「呀啊啊啊啊啊啊啊啊啊啊啊啊啊啊啊啊啊啊啊啊啊啊啊啊啊啊啊啊啊啊啊啊啊啊啊！」

慘叫聲響起。接著便見出入口出現了一名長髮魔族。

他眉間緊皺，有著一張感覺很神經質的長相。那名魔族隻手抓住傑貝斯的脖子，將他舉了起來。

「大、大哥……是、是我不好……原諒我吧。我下次一定……」

「不知羞恥。」

長髮魔族捏碎傑貝斯的喉嚨，並在手上聚集起魔力粒子。漆黑雷電劈啪作響，傑貝斯頓時全身燒焦。

「呀啊啊啊！」

轉眼間，傑貝斯便化為焦炭。

長髮魔族像是丟棄垃圾似的拋開他後，朝我走了過來。

「我的弟弟承蒙你關照了。」

原來如此，這傢伙是傑貝斯的哥哥啊。看樣子是比弟弟正經些，卻讓人看不順眼呢。

「倘若是來替弟弟報仇，這倒會是句好台詞呢。」

「竟然輸給區區的雜種，真是我一族的恥辱。親手給他一個痛快是我最起碼的憐憫。」

雜種是在說我嗎？

雖然我不會對這種事情一一生氣啦，但我要是雜種，你自己豈不是成了雜種的子孫了，這樣好嗎？這就像是兄弟在吵架時，大罵「你媽媽是醜八怪」一樣滑稽呢。

「我認為兄弟就該互助合作吧。」

「天真的男人。擁有力量才算得上是魔王族。」

哎呀哎呀，到底是誰天真啊？縱使再怎麼弱小，這種胡來的殺害依舊毫無意義，弱小有弱小的用處。犯下無謂減少夥伴的愚行，在神話時代會活不下去吧。

「看來你對力量好像有所誤解呢。」

「你還真是愛開玩笑。明明殺掉他就結束了，你卻特地用上「復活」這種大魔法，只為了讓他開口投降。」

男人說得像是他親眼目睹似的，讓我在意起來，朝觀眾席看去。

原來如此，是那裡嗎？在第三排的位置上有一群沒穿制服的魔族，恐怕是測驗生吧。也就是說，他們能觀看之後比賽對手的戰鬥嗎？

但我無法理解。我所排的F隊伍是筆直通往這座競技場，直接開始實戰測驗，應該沒有機會能到觀眾席觀戰。

「看樣子你似乎不知道呢。我們純血的魔王族——也就是皇族——能挑選比賽對手，待遇跟你們這種只是混到始祖之血的雜種不同。」

喔，也就是說邀請函上記載的字母，是以混到我的血的程度來區分嗎？儘管不知道是誰想的主意，但還真是滑稽。

無論純血、混血，都與繼承到我多少力量無關。畢竟要是這麼容易分辨，簡直就像在說「請在轉生前殺了我」一樣。

說到底，「因為純血所以強大；因為混血所以弱小」的理論也缺乏根據。魔王之血只要一滴就夠了。

就連這種事也想不到，老實說還真是讓我傻眼。

「看來你總算理解自己的立場了吧。」

「不，在說什麼呢？我只是覺得真虧你們會在意這種無聊的事情。」

男人的額角抽動了一下。

「……無聊的事？」

「你想想看，所謂魔王只是因為強大而被擅自這樣稱呼的。魔王談起純血？立場？哈！別笑死人了。」

我的嘲笑讓長髮魔族怫然變色。他說不定以純血為榮，但這不過是無聊的自尊心。

「我是不介意你們建立特權階級啦，無論任何時代都會出現這種傢伙。但所謂的魔王是憑藉一己之力，制伏一切權力與法規者。想不到如今他的子孫居然會是擁有特權的一方啊。」

看來是被我這番瞧不起人的說法觸怒了吧，長髮魔族投來殺氣騰騰的視線。

「我認定你剛才的發言是輕視我等始祖的偉業，批評皇族的言論。既然如此，本人魔大帝——里歐魯格·印德，就當親手對你處以死刑。」

「我談論自己，為什麼會是輕視自己的偉業？」

「……什麼？」

「真是遲鈍的傢伙。意思是說，我就是你們的始祖。」

聞言，里歐魯格露出明顯充滿憎惡的眼神，朝我瞪了過來。

「你這傢伙知道自己在說什麼嗎？」

「說什麼？是指我就是我自己的事嗎？」

里歐魯格忍無可忍似的大叫起來：

「你那假冒自己是始祖的不敬態度，實在罪該萬死！」

「真搞不懂呢。照你的想法，轉生後的魔王難道會是個連自己是誰都不知道的蠢蛋嗎？」

「閉嘴！蠢的是你這傢伙，竟敢質疑七魔皇老的直言，這可是大罪喔！」

唔，七魔皇老嗎？又跑出一個莫名其妙的外號，之後再調查吧。

「你所說的話完全缺乏根據。算了，我不怪你，畢竟魔王不是能用話語證明的嘛。」

「你這傢伙！又在嘲弄七魔皇老的直言嗎？」

我沒有這個意思就是了，這傢伙還真是麻煩呢。

「要打就快打吧。我會讓你親身體會我就是始祖這件事。」

我還以為只要挑釁，他就會立刻衝過來。出乎意料的是，那傢伙卻朝無關緊要的方向看去——是觀眾席。

「就讓這傢伙知道批評皇族的人會有怎樣的下場吧。」

里歐魯格話一說完，觀眾席上的三名魔族便跳進競技場。

「唔，這樣好嗎？我記得現在應該是入學測驗吧？」

聽我這麼一問，里歐魯格理所當然似的說道：

「你在怕什麼？這無庸置疑是正式的入學測驗喔。要一一打倒很麻煩對吧？所以這只是在幫你省工夫。既然要證明自己是始祖，這點讓步是當然的事。」

飛在上空的貓頭鷹應該是裁判吧，看起來卻似乎不打算指出他犯規。

原來如此，這也是特權嗎？當皇族的力量不足時，就會靠這種手段讓他們合格吧。

「不過四個人是怎麼回事？」

「現在才想道歉也來不及了。你就後悔自己的發言，然後去死吧。」

「你誤會了什麼？我是說太少了。」

里歐魯格的表情更顯凶惡。

「你說什麼？」

「要證明我是始祖，四個無名小卒是不夠的。好啦，聚在那裡看戲的傢伙通通一起上吧。」

「你這傢伙……」

不待里歐魯格指示，在觀眾席上觀戰的魔族們陸陸續續地跳到競技場上，是皇族什麼的吧？各個都朝我露出了不服的表情。

看上去約有八十人。

「俗話說得好，這就叫禍從口出。」

「就是說啊。假如你沒說多餘的話，就沒必要出現八十人之多的犧牲了呢。」

里歐魯格看似不悅地蹙起眉頭，隨即卻像是改變主意般笑了起來。

「就算是假冒始祖的不肖之徒，單方面的虐殺也有損皇族之名。我給你十秒，十秒內我們不會出手，你就趁這段時間盡可能準備強力的魔法吧。」

「喔……夥伴一增加，口氣就突然變得這麼大啊。真是下流的傢伙。」

或許是人多勢眾的從容吧，直到剛剛仍頻頻暴怒的男人忽然笑容滿面。

「還有空講話嗎？已經過了十秒嘍。」

聽到里歐魯格自以為勝利的得意台詞，我忍不住笑了起來。

「咯咯咯……哈哈哈！」

「有什麼好笑的？你是太過恐懼到腦袋不正常了嗎？」

「還沒注意到嗎？更加睜大魔眼，仔細瞧瞧吧。」

魔眼是指觀看魔力的視力。聽到警告，里歐魯格這才將魔力注入眼中，為偵測魔力的流動而啟動魔眼，隨即大吃一驚。

看來他總算注意到自己的魔力正逐漸失控了呢。

團團圍住我的魔族們慘叫般的喊道：

「這、這是怎麼回事……？魔力不聽控制……！」

「怎麼可能……就連展開魔法陣的動作也沒有……這種事……快住手……！」

「這傢伙……對多達八十人的皇族……同時施展魔法……！」

「他、他做了什麼？他到底對我們做了什麼啊！」

哎呀，才這樣就受不了，真不像樣啊。

「好啦，趕快控制住自己的魔力吧。不然──」

將我團團包圍的魔族們臉色發白，想方設法控制自己漸漸失控的魔力。然而為時已晚。

「會死喔。」

瞬間，伴隨刺耳聲響，跳到競技場上的八十人就像是被引爆的火藥庫般，盛大地爆炸了。

§6 【禁咒・起源魔法】

爆炸結束後，出現在競技場上的是屍橫遍野的景象。

話雖如此，然而全員多半都還活著吧。明明已特地出言警告，他們卻幾乎陷入瀕死狀態，縱使是我的子孫也實在太丟人現眼……但我就樂觀地想成光是沒死便不錯了吧。

「……你這傢伙到底做了什麼？」

里歐魯格搖搖晃晃地站起身。他的右手被鮮血染得通紅，搞不好會終生殘廢吧。出乎意料的是除此之外他只有輕傷。看來他是在瞬間判斷不可能全身而退，將失控的魔力聚集在右手上吧。

「沒什麼，只是稍微威嚇一下。這代表你們的根源恐懼著我，難看地嚇得魂飛魄散。」

「胡說八道……」

儘管是事實，里歐魯格卻似乎不打算相信。

歸根究柢，所謂魔力是從我們體內的魔之根源所產生的，說穿了便是靈魂與魂魄。但在根源中還有著深淵，使我們成為我們。

一旦根源等級不同，有時也會像現在這樣讓對手害怕到魔力失控。

「算了。有想承認我就是始祖了嗎？」

聞言，里歐魯格再度朝我流露出憎惡。都傷成這樣了還能赤裸裸地散發敵意，真不知該稱讚他是個了不起的傢伙，還是該教訓他是個連對手實力都看不出來的笨蛋？

「我不承認。」

「這樣啊。但至少我比你更接近始祖這點，似乎是無法撼動的事實喔。」

「封印魔法、強制魔法、恢復魔法，外加讓魔力失控的不明魔法，照理說不可能同時運用這麼多種高水準的魔法。你這傢伙肯定用了特別的魔法具。」

我「咯咯咯」發自內心地笑了出來。

「哎呀哎呀，居然說是魔法具嗎？儘管知道你不想承認我的實力，但這種說法實在很可笑呢。」

「否則雜種不可能得到這種力量！」

究竟為什麼會變得這麼拘泥於純血啊？兩千年前這可是難以想像的事。

「我身為皇族，絕不能輸給區區雜種。就算是死，也不允許敗北！」

里歐魯格硬是向前舉起幾乎殘廢的右手，手上浮現魔法陣。

那是……？

「就用這招只傳皇族的起源魔法，讓你看看你我之間的等級差距吧！」

果然是起源魔法嗎？儘管我並非看不出他逐漸構築起來的立體魔法陣是要用來施展什麼魔法，但他好不容易才得意起來，還是別潑他冷水吧。

「偵測到超出規定水準的魔力。」

上空傳來貓頭鷹的聲音：

「觀眾席雖有展開魔法屏障與反魔法，但仍需請各位觀眾立即避難。測驗生施展的魔法預估將會讓觀眾席出現死傷。」

觀眾席傳來大叫：

「糟、糟糕！里歐魯格大人要用那招了！」

「大家快逃啊！這裡的反魔法撐不住的！」

「快、快去救倒下的人！躺在那裡會遭波及而死的！」

觀眾席上的魔族們將倒在競技場上的八十人搬走，逃離現場。

里歐魯格咧嘴一笑：

「好好後悔吧！起源魔法是賭上性命的禁咒，就連施展魔法的我也無法全身而退。」

里歐魯格的右手纏繞起劈啪作響的漆黑雷電，無止盡地增加，以他為圓心覆蓋了半徑一公尺；下一瞬間，範圍擴散到原本的兩倍。即使如此，漆黑雷電的勢力仍持續增強。

最後，漆黑雷電覆蓋住一半的競技場。設置在觀眾席周遭的反魔法與雷電衝擊引發的魔力餘波，劈啪作響地迸出激烈的火花。

「明白嗎？這正是雜種所無法模仿——真正的魔法。」

以傲慢的語氣說完後，里歐魯格便將纏繞著漆黑雷電的右手高舉向天，朝我狠狠揮下。

「起源魔法『魔黑雷帝（jirasudo）』！」

漆黑雷電膨脹到數百倍，宛如颱風般激起風暴，徹底摧毀競技場上的一切事物。

遭到破壞的觀眾席稀稀落落地掉下碎片。隨著揚起的沙塵緩緩散去，當中浮現里歐魯格的身影。

儘管幾乎耗盡魔力，但看來他似乎免於一死。

下一瞬間，他看到我，露出驚訝的表情。

「怎麼可能……？受到『魔黑雷帝』直擊，居然……毫髮無傷……！」

雖然是威力尚可的魔法，但他犯了個致命性的錯誤。

「古老的事物光是存在就帶有魔力。起源魔法是一種向擁有極大魔力的起源借取力量的魔法。」

「什麼……你是從哪裡得知這個祕密的……？」

里歐魯格驚訝地說道。

說什麼祕密？起源魔法可是我開發的，知道是當然的事。

「要施展起源魔法，標準做法是向越為古老、魔力越為強大的存在借取力量吧。然而愈是古老，存在便愈是曖昧不清，即使想借取力量也難以駕馭。也就是說，儘管借取了龐大魔力，施術者卻也承擔不起。」

要言之，欲使用起源魔法，就必須明確認知借取力量的存在為何。

但愈是古老，情報就愈容易失傳，或是在流傳時出現謬誤，與本來的事物產生歧異。

因此，施術者通常會向古老且確實存在的對象借取力量。舉例來說，一般會利用知名的傳說或傳承。此外，若此對象跟自己有緣，也能提升起源魔法的成功率。

他這次為了使用「魔黑雷帝」而借取力量的對象，是與他有著密切緣分，在兩千年前具備了甚至能殺害諸神的龐大魔力持有者。

——暴虐魔王，阿諾斯·波魯迪戈烏多，也就是我。要在這個時代施展起源魔法，確實沒有比這還要適當的起源呢。

只不過……

「遺憾的是，起源魔法無法對出借力量的起源本身造成影響。你難道不知道嗎？」

「……胡說八道……居然繼續自稱始祖……你這不知天高地厚的傢伙……」

該怎麼處理狼狽回話的里歐魯格才好呢？我思考了起來。

儘管不到傑貝斯的程度，但老實說里歐魯格也很弱，在我看來，他們兩個根本是半斤八兩、五十步笑百步。然而他願意賭命施展起源魔法的幹勁倒也值得讚賞。

就讓我在這裡好好教授他什麼是魔法戰吧。哪怕是再小的幼苗也要給予關照——這是我身為始祖的父母心。

「儘管非常不成熟，願意賭命這點仍算過得去。看在你的這份覺悟上，我就給你個機會吧。」

我一面朝某處走去，一面說道。

「你說……機會？」

「沒錯。就是這種機會……喔。」

停下腳步，我畫起魔法陣，腳邊是傑貝斯的焦炭。我把手伸進焦炭，用力一抓，傑貝斯的身體便出現在眼前。但跟「復活」的時候不同，他的肉體是腐爛的。

「這是……什麼魔法……？這股不祥的魔力到底是……？」

「第一次見到嗎？這是叫做「腐死(igurumu)」的魔法。簡單而言，就是讓死者作為腐死者(zombie)復活的魔法。」

「怎麼可能……居然……在動……是讓死者宛如生者般活動嗎……？使出這……這種魔法……你這傢伙是怪物嗎！」

「沒你說得這麼誇張，這其實是很簡單的魔法。」

作為腐死者復活的傑貝斯，動作遲緩地往里歐魯格走去。他的眼神黯淡無光，嘴角淌著口水。

「啊啊……啊啊啊啊啊！好痛……好痛好痛好痛……大哥……為什麼要殺……為什麼要殺我……大哥……為什麼……」

「……別過來……死者……消失吧！」

里歐魯格毫不遲疑地朝傑貝斯發出「魔雷(demondo)」。

「閉嘴！」

朝傑貝斯發出的漆黑雷電瞬間被漆黑火焰包覆，被他的「魔炎」燃燒殆盡。

「什麼……？只不過是傑貝斯的『魔炎』，為什麼能將我的『魔雷』……」

「這正是『腐死』。被施加魔法的對象會得到極大的魔力，代價則是會受被殺時的憎惡所煎熬；遭無法恢復的傷痛所折磨。」

里歐魯格蹙起眉頭。

「……目的是要讓傑貝斯殺了我嗎？……」

對以純血為榮的他來說，若被瞧不起的弟弟殺死可是莫大的屈辱。里歐魯格大概以為我使用「腐死」是為了愚弄他吧。

「可惜，我沒這麼低級。我應該說過了，這是個機會。」

「……什麼機會？」

「你誤解了何謂力量。縱使是你認為微不足道的傑貝斯，只要成為腐死者就能比你強大。首先你得改掉認為自己弟弟無用的看法。」

里歐魯格一面慎重地與傑貝斯保持距離，一面朝我說道：

「就算改變看法又能怎樣？」

「不全說出來就不懂嗎？認同你的弟弟，與他攜手合作，一起來對付我吧。」

「你……說什麼……？」

他看上去似乎相當驚訝。我想，直到現在都未曾與弟弟攜手合作的里歐魯格，恐怕沒想過要依靠弟弟吧？肯定只將成為腐死者的他當成敵人看待。

「別開玩笑了！成為腐死者的人會受被殺時的憎惡所煎熬，這是你說的吧！還會遭無法恢復的傷痛所折磨。這種傢伙怎麼可能保持得住理性啊！」

「啊，的確，這宛如地獄般永無止盡的痛苦會讓人寧可去死吧。然而——」

我點出里歐魯格未能注意到的事實。

「所謂的兄弟，正是儘管如此也依舊能和睦相處的存在。」

「……什……？」

「來吧！讓我見識你們的手足之情。同心協力一起來對付我吧！」

「你這傢伙……瘋了嗎……？與其讓他作為腐死者活著，給他一個痛快才是最起碼的憐憫吧？」

「這樣只是在逃避困難，使自己樂得輕鬆罷了。相信吧！相信你們的手足之情。你們應該也曾有過不在意什麼立場，作為哥哥、作為弟弟，一塊共度人生的歲月。」

只見里歐魯格蹙起眉頭，呻吟起來了。

唔，他這樣子就像在說他們從未有過這種時期呢。

「我恨……我恨……去死……去死……去死……！」

傑貝斯一面像是夢囈似的喃喃自語，一面在手上召喚漆黑火焰。

「啊啊啊……啊啊啊啊——好痛、好痛、好痛……去死……去死……去死吧……！」

彷彿恨意燃燒起來一般，他手中的「魔炎」熊熊燃燒。要是正面挨到那招，里歐魯格恐怕會沒命吧。

「好啦，你打算怎麼做？只能跟他言歸於好了吧。」

我心想，只要逼迫到這種程度，他們的手足之情應該就會覺醒了。

「……很遺憾，我跟那傢伙從未有過像是兄弟的互動。」

「別撒嬌了！既然如此，就從此刻和好，試著努力消除他的憎恨吧！來吧，呼喚弟弟的名字，在這瞬間讓彼此的心靈相通吧！要是不立刻發揮手足之情，你會死喔！」

「啊啊啊啊啊啊啊啊啊啊啊啊啊啊啊啊！去死吧啊啊啊啊啊啊啊啊啊啊啊啊啊啊啊！」

眼看化作巨大火球的「魔炎」就要朝里歐魯格發射出去。

但我是知道的，知道手足之情是最為強大的存在，知道在神話時代，曾有過即使成為腐死者，仍想保護哥哥與弟弟的魔族們。

隨著時代變遷，魔族或許變得弱小了沒錯。

魔法術式淪落到低水準，魔法或許也退化了。

然而手足之情是不會變的。

「我叫你呼喚啊！」

在這瞬間，里歐魯格就像下定決心似的大喊：

「嗚喔喔喔喔……傑、傑貝斯斯斯斯斯斯斯斯斯斯斯斯斯斯斯斯！」

只見「魔炎」筆直地飛向里歐魯格，他就這樣輕易地被漆黑火焰給吞沒。

「呃啊啊啊啊啊啊啊啊啊啊啊啊啊啊啊啊啊啊啊啊啊啊啊啊啊啊啊啊啊啊啊啊啊啊啊！」

里歐魯格化為焦炭。

「唔。」

這時代的手足之情只有這種程度啊。

§7 【適任性檢查】

「實戰測驗結束。合格者阿諾斯．波魯迪戈烏多，請前往大鏡之間。」

上空傳來貓頭鷹的聲音。

大鏡之間就在競技場旁邊。確認魔法屏障解除後，我返回原來的入口。

「啊啊啊啊啊……等等——好痛……好痛……好痛……去死……去死吧……」

「唔，忘了。」

我轉頭看向成為腐死者的傑貝斯。就這樣丟著他不管實在有點可憐呢。

我施展「復活」，解除傑貝斯的腐死化，同時順手讓里歐魯格死而復生。

「殺了就會死；變成腐死者就會喪失理智……真是讓人傷腦筋的傢伙們。」

里歐魯格與傑貝斯以像是有話想說的眼神看著我，卻說不出任何話來。肯定是我說的話太正確，讓他們啞口無言了。

「那麼，等你們變強之後再來吧。我隨時都能陪你們玩玩。」

留下這句話，我離開競技場。

「……誰想再來第二次啊……該死的怪物……」

背後傳來這樣的聲音，不知道是誰說的。

我依循貓頭鷹的指示來到大鏡之間，房間內並排著好幾面比全身鏡還要大的鏡子。

室內已有許多魔族，看來約有一百名，是實戰測驗的合格者吧？

當中也有面熟的臉孔。

「米夏。」

少女輕盈搖曳著白金色長髮轉過頭來。

「雖然妳說自己不擅長戰鬥，卻也通過了實戰測驗呢。」

「僥倖的。」

儘管米夏這麼說，但終究沒辦法憑著僥倖連勝五場吧。她的實力說不定意外地比傑貝斯和里歐魯格還要強。

「話說回來，之後要做什麼？」

雖然剛剛好像曾經提到，但我沒什麼興趣就不記得了。

「實戰測驗合格後便獲准入學，剩下魔力測量與適任性檢查。」

「也就是說，這裡的人全都是同學嗎？」

我大略環顧四周，但情況不太對勁。只見眾人紛紛躲避我的視線，甚至有人在四目相交的瞬間，便像是嚇到似的轉過身去。

「唔？大家很怕生呢？」

「……我想並不是……」

「但他們不敢看我呢。」

「他們害怕阿諾斯的魔法。」

「什麼意思？」

「『腐死』。」

原來如此。

「既然知道這件事，代表米夏在觀眾席上嗎？」

米夏面無表情地搖了搖頭：

「合格者能看到測試的情況。」

這麼說著的她指向眼前的大鏡子。

原來是這樣啊，我恍然大悟。這個房間裡的大鏡子施加了能顯示德魯佐蓋多各處的遠望魔法。米夏便是透過遠望的大鏡子，觀看我實戰測驗的情況。

「但我不懂為什麼要害怕『腐死』，這不是什麼大不了的魔法吧？」

米夏面無表情地直盯著我的臉瞧。

「……很過分嗎？」

她點了點頭。

「作為參考，讓我問一下，這樣的魔法有多過分？」

她面不改色地沉思。

「……殘虐的異端魔法……」

「咯哈哈！別開玩笑了，妳在說什麼啊？在我擁有的魔法當中，『腐死』算是相當健全的魔法喔。」

我爽朗地表示。

「…………」

米夏再度陷入沉思，低聲說道。

「撤回前言。」

「對吧，妳怎麼能這麼說呢。」

「殘虐異端的並非魔法，是阿諾斯。」

「剛剛那只是個小玩笑啦。」

我立刻訂正發言。與其背上殘虐異端的汙名，些許的謊言也是不得已的。畢竟我本來就才剛剛轉生，還不太清楚這個時代的價值觀。

「太好了……」

米夏鬆了口氣。

「然而米夏並不怕我耶。」

「我不會害怕。」

這還真是意外的台詞。

「看不出來妳這麼有膽量。」

「普普通通。」

如此淡然說道的米夏，確實很難想像她害怕的模樣。儘管也能說是在發呆，但她想必有著大膽的個性吧。

就在我想著這種事情時，貓頭鷹飛了過來。

「現在開始魔力測量。請在魔力水晶前排隊，測量後請移駕至隔壁房間，進行適任性檢查。」

魔力水晶？是沒聽過的魔法具呢。話說回來，神話時代可沒有測量魔力的方法，這也就代表這時代不全然只是退化吧。

「所以那個魔力水晶在哪？」

「這裡。」

米夏邁步而出，我於是跟在她身後。

其他測驗生好像也知道位置，不久後形成了好幾排隊伍。看來魔力水晶有好幾顆，放在各處供人測量。

我端詳起別人測量的情況。魔力水晶是個鑲嵌在大鏡子上的紫色巨大結晶體，一旦碰觸到結晶體，似乎就會檢測出魔力，並將結果顯示在大鏡子上。

「一二六」、「二一八」、「九八」、「一四五」等，大鏡子前的貓頭鷹一一報出數字，那些數字即是測量出來的魔力。居然可以將只能靠體感確認的魔力數據化，真是便利的時代呢。

魔力測量好像只需數秒就能得到結果。隊伍轉眼間就前進了，下一個輪到米夏。

「加油。」

「……結果不會變……」

的確，就算加油，魔力也不會因此增減嘛。

「不過妳還是要加油喔。」

米夏面無表情地直盯著我。

「嗯。」

如此回應後，她碰觸了魔力水晶。

過了數秒，大鏡子上顯示出結果。

「十萬零二四六。」

我忍不住讚嘆起來。至今為止幾乎都是三位數，她卻超過十萬。看來米夏的魔法才能似乎比我想像的還要優秀呢。

「相當厲害喔，米夏。」

受到我出言稱讚的她似乎有點害羞？只見她低垂著頭。

「……阿諾斯會更厲害……？」

「嗯。」

我如此說道，並碰觸魔力水晶。這還是我第一次測量魔力，究竟會出現多大的數字呢？

或許會破億也說不定。如此一來，就算是這個時代的遲鈍傢伙們，也不得不理解到我就是始祖了吧。

「零。」

伴隨著貓頭鷹的話語，魔力水晶哐啷一聲粉碎了。

「測量完畢。請進行適任性檢查。」

唔，看起來像是不怎麼在乎魔力水晶損壞的樣子呢。

「話雖這麼說，但我認為不可能會是零喔。」

這樣可沒辦法施展魔法。儘管是想一想就知道的事，但貓頭鷹依舊說道：

「測量完畢。請進行適任性檢查。」

沒用的使魔。

「使魔只會照命令行事。」

米夏如此說道。

「看來的確如此。」

米夏直盯著我的臉。

「怎麼了嗎？」

「……第一次看到……」

「看到什麼？」

「魔力太強而讓魔力水晶壞掉的情況。」

喔，原來如此。

我啟動魔眼，看向魔力水晶的碎片並解析起構造。看來水晶會對碰觸者的魔力產生反應，進而膨脹，也就是測量水晶的體積增加量，再轉換為數字顯示出來。

但一定以上的魔力便會超出水晶的極限，別說讓體積增加，甚至會因為劇烈的魔法反應炸得粉碎。雖然認為它是便利的道具，但這樣根本無法測量我的魔力。

「不要顯示零，顯示成無法測量不就好了。」

「沒辦法。」

「為什麼？」

「魔力水晶是不會壞的。」

「但就是壞了。」

米夏頓時啞口無言，隨即淡然說道：

「是阿諾斯超乎常規。」

「不過米夏看得出來吧？」

「我擅長魔眼。其他人沒辦法。」

意思是說，我的魔力太強把魔力水晶弄壞一事，其他人都看不出來嗎？

況且這場入學測驗看來是完全交給使魔負責的。

只會依命行事的使魔，本來就無法應付魔力水晶損壞時的狀況，頂多換一個新的水晶吧。

這代表使魔會做出我的魔力為零，和魔力水晶損壞無關的判斷。

「知道的人就知道，但多半沒辦法。」

真受不了。看來對學院而言，只要有像樣的人才入學就好，從未料想過會有魔力強大到足以在入學測驗時破壞掉魔力水晶的人出現吧。

然而魔王始祖會轉生一事明明就有流傳下來耶，米夏也說是第一次看到這種情況。說到底，大家的認知或許都是以「魔力水晶絕對不會損壞」作為前提吧。

這一切全是因為這時代的魔族魔眼太脆弱了嗎？只要仔細窺看深淵，應該就會知道當魔力超過一定值時，魔力水晶便會遭到破壞的事了。

還是說他們認為即使是魔王阿諾斯，也不會具備有這種超乎常規的魔力？

要真是這樣，實在是把我給看扁了呢。

話雖如此，不過是數字而已，太過在意也很不成熟吧。畢竟我的魔力又不會少。

「算了，既然米夏知道就好吧。」

「是嗎？

「是呀。謝啦。」

面無表情地想了一會後，米夏說道：

「不客氣。」

「接下來只要去那邊的房間就好嗎？」

米夏點了點頭。

一走進適任性檢查的房間，待在石像上的貓頭鷹便開口說道：

「請進入魔法陣中心，接受適任性檢查。」

地板上畫著好幾個魔法陣，已在接受適任性檢查的學生們正站在魔法陣的中心上。

「……那麼……」

「待會見。」

米夏走進空著的魔法陣中心。

我也隨意地找了個魔法陣，試著站在中心上。

腦中隨即傳來聲響。

『適任性檢查是以暴虐魔王為基準，評估各位的思考適任性，並會簡單地確認各位對於暴虐魔王的知識。由於是讀取想法，所以無法作弊。』

唔，是「意念通訊」的應用嗎？

讀取想法就無法說謊這點是因為使用者不成熟，想要作弊其實並不困難。

但我也沒理由作弊就是了。

『首先，儘管魔王始祖的名諱連說出口都令人惶恐，但請回答出始祖的本名。』

這題連想都不用想。是阿諾斯·波魯迪戈烏多。

『在神話時代，始祖施展了魔法「獄炎殲滅砲」毀滅迪魯海德，導致迪魯海德全區化為焦土，許多的魔族喪失性命。始祖為何會做出此等暴行？請試著回答始祖當時的心情。』

唔，真是令人懷念。

要說我為什麼會用「獄炎殲滅砲」毀滅迪魯海德，是因為睡昏頭了。

當時我正與勇者加隆長期交戰。

無論睡著、醒著，想的都是那傢伙的事，任何時候都未放鬆警戒，隨時保持戰備狀態。

拜此之賜，我即使連作夢都在跟加隆戰鬥，然後一不小心就誤發了魔法。

族。

不過這個問題有著微妙的錯誤。迪魯海德確實是化為焦土沒錯，但沒有死半個魔

雖說睡昏頭，我還是有立刻控制住魔法，以不會殺掉任何人的絕妙力道燒毀了國

土。

要是做不到這種程度，根本稱不上是魔王。

『「反抗者格殺勿論」據說是始祖的信條，請依個人想法描述此點對魔王而言的正確理由。』

這是陷阱題吧？我從不記得自己曾說過「反抗者格殺勿論」這種話。沒必要殺就不殺是我的做法，只是在那個時代，殺人能救助更多的人，只是這樣罷了。

『假設你有一對兒女，女兒擁有力量，卻缺乏魔王適任性；兒子缺乏力量，魔王適任性卻很高，兩人在某一時刻受神詛咒，瀕臨死亡，能解除詛咒的聖杯只有一個，這時應該救誰？請述說始祖在此情境下的想法。』

唔，這也是個相當隨便的問題呢。答案很簡單。

『那麼，請回答接下來的問題——』

如此這般，適任性檢查持續進行。

雖然這麼說，但這些全是有關於我的問題，我當然不可能答不出來，毫無滯礙地做

出回答。

三十分鐘後——

適任性檢查結束，我離開那個房間。

離開之際，貓頭鷹似乎說明了一些入學相關事項。我心不在焉地聽完後，穿越大鏡之間。

隨即發現米夏正站在門外，什麼也沒做，就只是盯著空氣發呆。

「妳在做什麼？」

我一搭話，她便轉過頭來。

依舊面無表情。

「……等你……」

「等我？」

米夏點了點頭。

「你說了待會見。」

這麼說來，我的確說過呢。

「抱歉。照理說做完適任性檢查，今天就到此結束了呢。」

「嗯。」

徑。

但是她特地留下來等我，就這樣回家實在不太好意思，我無法做出這麼沒風度的行

「既然如此，不如當作是慶祝合格，要不要上哪玩呢？」

米夏仍面無表情地稍微歪過頭。

「和我？」

「沒錯。」

「可以嗎？」

「我這是在邀妳喔。」

不知道在想什麼，米夏低著頭不發一語。

「要是沒空，拒絕倒也沒關係。」

「……我去……」

「這樣啊。那麼，總之要來我家嗎？我想媽媽應該會準備好大餐等我回去吧。」

米夏點點頭。

「很好。抓住我的手。」

我一伸出手，她便倏地把手疊了上去。

「這樣？」

「這樣會被拋下來喔。」

「我會施展『飛行（furesu）』。」

這招的確是用來在空中飛行的魔法。儘管相當便利，但若要移動，有著更加適合的魔法。

「好啦，試著握緊一點吧。」

「我知道了。」

米夏老實地緊握住我的手。

地面上浮現魔法陣，眼前的風景染上純白。

下一瞬間，眼前隨即出現鐵匠兼鑑定舖「太陽之風」的招牌。這是棟木造建築，二樓部分是居住空間。

「到嘍。這是我家。」

雖然我這麼表示，米夏依舊直盯著眼前的招牌不放。

儘管表情毫無變化，但總覺得她看起來似乎相當驚訝。

「……魔法……？」

「是『轉移（gatomu）』。簡單來說，就是連結空間，在兩點之間瞬間移動的魔法。」

米夏頓時啞口無言。

接著，她喃喃說道：

「……失傳的魔法……」

唔，沒聽過這種說法呢。

「那是什麼意思？」

「是指沒人會使用的魔法。主要是神話時代失傳的。」

原來如此。畢竟魔法術式在這兩千年間似乎退化得相當嚴重，才會出現儘管知道其曾經存在，卻沒人會使用的魔法吧。

尤其「轉移」是我開發的魔法，本來就連在神話時代都很少人會使用。

「……阿諾斯是天才……？」

我忍不住咯哈哈地笑了。

「……我是認真的……」

「啊，抱歉。才這點程度就被稱為天才，實在讓我很難為情呢。」

雖然我並不否認自己是天才這點，但就算要誇，也希望是在我施展出無人能模仿的魔法之後才誇。

「阿諾斯是什麼人……？」

「魔王始祖。」

一直面無表情的米夏驚訝得瞠大雙眼。

「……轉生了……？」

「妳相信嗎？」

米夏陷入沉思，問道：

「……你有證據……？」

果然會在意這部分呢。

「我就是證據，我本人的魔力就是證據。然而這時代人們的魔眼太弱了，看來似乎就連要窺看我的力量深淵都辦不到。」

分析、研究、接近真理……儘管有著許多說法，但將一切涵蓋在內，最為廣泛使用的詞彙即是「窺看深淵」。窺看魔法深淵，代表理解其真理並能體現一事；窺看力量深淵則意指理解對手的真正價值。

「…………」

米夏看似困擾地緘默不語。

魔王本來就是仰仗力量來證明的存在。但在這個只在乎純血、皇族等表面功夫的時代，或許和我的想法有些不同吧。

「阿諾斯的魔力非常龐大，就連我也看不到底限。」

既然連她也看不出來，想必大部分的人也都看不出來吧。

再讓她困擾下去實在無濟於事。

「屆時妳就會知道了。走吧。」

「……嗯……」

我推開家門。

§8 【慶祝合格】

哐啷哐啷！店舖的門鈴響起。

「歡迎光——啊，小諾，歡迎回家。」

正在看店的媽媽朝我走來。

爸爸大概是在工作室打造東西吧。

「……結、結果怎樣？」

媽媽緊張兮兮地問道。

「合格了。」

聽到我這麼說，媽媽便鬆了口氣似的綻開笑靨，將我緊緊擁入懷中。

「恭喜！恭喜合格，小諾！你太厲害了！才一個月大就考上學院，為什麼會這麼聰明啊，小諾！今晚要吃大餐喔！」

哎呀哎呀，又不是自己合格，她為什麼會這麼開心啊？

這就是所謂的父母親嗎？我完全無法理解。

儘管無法理解……算了，感覺並不壞呢。

「小諾想吃什麼？」

「也是呢。可以的話，我想吃焗烤蘑菇。」

這是我從兩千年前就最愛吃的料理。

儘管親信費盡唇舌地要我吃些更加奢侈、更像魔王會吃的東西，但愛吃的料理就是愛吃，這也沒辦法。

大致上，如果反問「什麼是魔王會吃的東西」，便會得到「人類」這種恐怖的回答。

人類是要怎麼吃啊？這群笨蛋。

囉哩囉嗦什麼「魔王吃焗烤料理無法作為魔族榜樣」，真是無聊。

魔王是擁有力量、能隨心所欲之人的名號，正因如此，當然要在想吃時吃自己想吃的料理。

我就是要吃焗烤蘑菇。

「呵呵，媽媽知道了。小諾最愛吃焗烤蘑菇了，就知道你會這麼說，媽媽我早就準備好嘍！」

真不愧是媽媽，跟以前的部下完全不同呢。

「對了，媽媽，有客人。」

「嗯？客人？誰啊？」

我回過頭，介紹起彷彿躲在我身後的米夏。

「她是米夏．涅庫羅，是我今天在學院認識的朋友。」

米夏向前走出一步，以平板的語調說道：

「妳好。」

她低頭鞠躬。

隨即只見媽媽不知為何一臉驚訝，用手摀住嘴巴。

「小諾他……小諾他……」

媽媽驚慌失措地大叫起來：

「我的小諾帶新娘回家啦——————！」

叫聲響徹家中。

米夏微微歪過頭。

「……新娘是指我……？」

「呃，抱歉，是我媽媽貿然誤解了。」

再怎麼說，這也誤會得太嚴重了吧。

「……這樣啊……」

「沒關係，沒關係的，小諾。畢竟小諾的幸福就是媽媽的幸福嘛，媽媽是不會反對的喔……」

媽媽拭著眼角，泛著淚光說道。

究竟在媽媽的腦袋裡正上演著怎樣的妄想啊？我實在不太敢問。

「媽媽，雖然妳很興奮，但不好意思……」

啪嗒！工作室的門被猛烈推開。

「阿諾斯！幹得好，這才是男人啊！」

呃，連爸爸也這樣。

他們兩個到底為什麼會這麼興奮啊？

「回憶起來，你就像是前陣子才剛出生一樣。」

爸爸不知為何擺出裝模作樣的姿勢，望向窗外。

「爸爸我也認為這天總會到來。雖然以為還久，沒想到來得這麼快呢。」

他爽朗地哈哈大笑。

這個嘛，我才一個月大，的確是很快呢。

「哎呀，真是可喜可賀。伊莎貝拉，今晚要吃大餐，要盛大地慶祝喔。」

「嗯，我知道了，親愛的。這可是小諾人生的新旅程呢。」

滿臉笑容的爸爸，以及仍眼泛淚光的媽媽。

兩人四目相視，頻頻點頭。

「……爸爸也貿然誤解了……？」

米夏朝我看來。

「抱歉，如妳所見……」

「很好！既然這麼決定了，就趕快去做菜吧。好啦，伊莎貝拉，笑吧，要面帶笑容。」

「嗯，也是呢。在小諾的大喜之日，做媽媽的怎麼能哭呢？沒問題，我會好好地掛著笑容！」

將愣住的我們拋在一旁，爸爸與媽媽兩人愈來愈興奮。

「那個……媽媽、爸爸。」

「啊，沒關係，阿諾斯。今天你不用幫忙，爸爸跟媽媽自己來就好。」

就算你這麼說，但我從來沒幫過忙喔，爸爸。

「好啦好啦，帶小米去看看房間吧。」

爸爸一個勁地推著我的背，就這樣走上二樓，來到我的房間。

關門前，爸爸嚴肅地斂起笑容。

「聽好，阿諾斯，料理會煮兩個小時，就算發出稍微大一點的聲音，我也會妥善處理，不會讓媽媽聽見的。」

唔，爸爸，你到底在說什麼呢？

「那個……爸爸。」

「放心吧！這種事就交給爸爸我來處理。」

我還來不及糾正這一切，爸爸便關上了房門。

關上之前，他不知為何還用下流的語氣說了聲：

「請慢來。」

哎呀，爸爸和媽媽真讓人傷腦筋。

「抱歉，米夏。之後等他們冷靜下來，我再跟他們解釋。」

「……嗯……」

因為有著無畏的個性，米夏就連在這種狀況下都毫不膽怯，一點也不在意爸爸他們，心不在焉地環顧我的房間。

「……什麼也沒有的房間……」

「因為才剛搬來嘛。」

但我也不打算擺太多東西就是了。

「妳不在意嗎？米夏。」

「不在意？」

「我爸媽很吵吧。」

「……習慣了……」

我想起今早來替米夏送行的人類男子。

「的確，米夏爸爸的個性似乎也差不多呢。」

「……不是……」

「啊，抱歉，再怎麼說應該也沒有我家這麼誇張？」

她再次搖頭。

「不是爸爸……」

「今早來送行的不是妳父親嗎？」

米夏點點頭。

「是撫養我的人。」

「那妳真正的雙親怎麼了？」

「……很忙……」

唔，也有這種狀況嗎？不過轉生前的我就連撫養人都沒有嘛。

「……阿諾斯有兄弟姊妹嗎……？」

「沒有，妳為什麼這麼問？」

「……兄弟姊妹要和睦相處……」

「妳是指我對傑貝斯和里歐魯格說的話嗎？」

米夏點點頭。

「你真溫柔。」

「我嗎？」

咯哈哈！我不禁啞然失笑。

「……很好笑嗎……？」

「不，畢竟我還是第一次被人這樣說呢。」

米夏微歪著頭。

「那你之前都被人怎麼說……？」

「這個嘛……」

我回想起截至目前的人生中，別人是怎樣說我的。

「好比『你活著只會危害世界』、『為了這世界去死吧』、『鬼』、『惡魔』、『邪魔外道』、『你的血到底是什麼顏色』等，這些都經常聽到呢。」

米夏直盯著我瞧。

「你被霸凌了？」

「我嗎？怎麼可能？」

儘管是迫於必要，但硬要說起來，這都是我所作所為的報應吧。

我不打算找藉口。

「原因出在我身上。」

米夏卻斷然否定：

「……是霸凌的人不好……阿諾斯沒錯……」

「呃，就算妳這麼說——」

米夏踮起腳，輕輕摸著我的頭。

「好乖好乖。」

唔，她似乎誤會了什麼呢？才會做出這種讓人難為情的事。

「先不管我到底有沒有被霸凌。我會溫柔嗎？對他們而言，我根本就是在多管閒事喔。」

傑貝斯那傢伙可是非常乾脆地把哥哥燒成焦炭了呢。

「那是結果。」

「是這樣嗎？」

米夏點頭。

「阿諾斯很溫柔。」

被人這麼說，意外地感覺不錯呢。

「米夏有兄弟姊妹嗎？」

她稍微想了一會才說道：

「……有個姊姊……」

「妳們關係好嗎？」

聞言，米夏陷入沉默。

「……不清楚……」

不清楚——這真是個奇妙的回答啊。

感情明明不是好就是壞。難道有什麼內情嗎？

「你在擔心……？」

「多少有點。」

「你真溫柔。」

我還以為米夏會跟我說起姊姊的事，但她只是微微一笑。

之後，直到料理煮好為止，我們漫無邊際地聊著。

§9 【魔王的朋友】

晚餐準備好了，於是我和米夏前往起居室。

以我最愛吃的焗烤蘑菇為中心，餐桌上陳列著豪華的料理。

「好，開動吧。」

這麼說完後，媽媽便將盛裝在大盤裡的焗烤蘑菇分裝到小盤上。

哇，這香味真讓人受不了，感覺口水都快滴出來了。

「小米也盡量吃喔。」

「……嗯……」

並非我要自誇，媽媽的料理真的相當美味，唯獨這點是我在神話時代吃過的任何料理都比不上的吧。

和平的世界儘管讓魔法退化，卻相對地也讓料理進化了——這是我這一個月來持續吃著媽媽的料理所得到的結論。

「我開動了。」

我用湯匙舀起焗烤蘑菇。

「這是……？」

什麼……！這道焗烤蘑菇居然放了三種蘑菇。

有杏鮑菇、洋菇和牛肝菌。

平時明明就只有一種！

「媽媽今天可是大手筆喔。」

像是看穿了我的想法，媽媽微微一笑。

「好啦好啦，快吃吧。」

我點點頭，將焗烤蘑菇放進口中。

「嗚……！」

好吃……

濃稠的奶油味在舌頭上擴散開來，鹹中夾帶些許甜味。儘管如此，凝聚起來的強烈美味仍猛烈傳入胃中。蘑菇的口感也很清脆，讓人想一直這樣咀嚼下去。

啊！轉生真好，真是太好了。

「呵呵，小諾雖然一下就長大了，但吃飯時的表情還是小孩子呢。」

媽媽這麼說道。轉生而來的我，怎麼可能會是小孩子呢？想歸想，我仍大快朵頤著焗烤蘑菇。

「話說回來，媽媽我有點事情想問小米……」

說出這種開場白，媽媽露出認真的表情。

「妳喜歡小諾那一點呢？」

「咳咳！咳咳……」

太大意了。我猛然嗆到。

「啊，小諾，你還好吧？」

「沒、沒事……」

唔，我實在太不小心了，竟然會被焗烤蘑菇給嗆到。

或者該說我太過沉溺於焗烤蘑菇的美味，導致完全忘記得和媽媽他們解釋清楚了。

居然能讓人稱魔王的我失去冷靜，媽媽的焗烤蘑菇還真是有著可怕的魔力。

這時代能和我抗衡的人也許就是媽媽吧。

「所以妳喜歡他哪一點……？」

米夏面無表情地陷入沉思。

「……溫柔……」

聽到她淡然回答的瞬間，媽媽握緊拳頭。

「沒錯，就是這樣！小諾真的很溫柔呢！畢竟妳看，小諾原本打算獨自前來迪魯海德，但知道媽媽會寂寞後就帶我一起來嘍！」

唔，原來如此。這就是所謂的笨蛋父母嗎？

我還是第一次親身體驗，相當讓人害羞呢。

「……很孝順。」

「對吧對吧。小米真懂，不愧是小諾選上的對象。」

很好，就是現在，稍微糾正錯誤吧。

「我說啊……媽媽。」

「啊，小諾，要再來一盤焗烤蘑菇嗎？」

「什麼？還有嗎？我要。」

我大快朵頤著媽媽幫我盛好的焗烤蘑菇。

「還有還有，小諾和小米是怎樣認識的啊？」

「……認識……？」

「初次見面時的情況？是誰先向誰搭話的？」

「……先搭話的人是阿諾斯……」

「討厭啦～～真不愧是小諾，居然主動向少女搭話，你這個花花公子！」

媽媽咻咻地吹起口哨。

到底是怎樣啦？

「然後呢？小諾是怎樣跟妳搭話的？」

或許是在回想我當初說的話吧，米夏望著上空思考起來。

「……彼此都很辛苦呢……？」

「呀啊啊啊啊啊啊！太酷了～小諾，你怎麼帥成這樣啦！聽到這種台詞、聽到這種台詞，少女會瞬間迷上你喔。」

雖然我完全搞不懂這到底哪裡帥，但媽媽已化身為笨蛋父母，無論對她講什麼都沒用吧。總之先觀望局勢再說。

畢竟焗烤蘑菇還沒吃完呢，得趁熱吃才行。

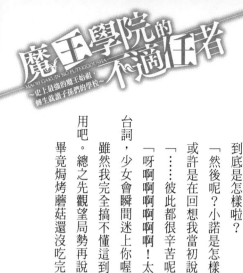

「然後呢？小米怎麼回答？」

「……我回了『嗯』……」

「討厭啦啦啦啦啦啦！你們居然心靈相通了！打從一開始就超相配的！這可是命中註定的戀情呢……」

媽媽一臉陶醉地沉浸在自己的世界裡，完全沒有要回神的打算。

「那麼……那麼……那個……你們兩個已經……接吻過了嗎？」

嗯，似乎能藉著這個問題解釋事實呢。既然沒接吻過，想必就會開始懷疑我們是不是情侶了。

「沒有……」

「咦咦咦咦咦咦咦咦？居然要等到結婚後，太浪漫了！」

……可惡，給我來這招啊。

「但這下該怎麼辦呢？小諾才一個月大唷，要等到可以結婚的年紀似乎還要很久耶。」

「……一個月大……？」

「對啊，很讓人驚訝吧？小諾非常聰明，才剛出生就會說話嘍。而且還施展魔法，靠著『成長』一下子就長得這麼大了。」

米夏直盯著我瞧。

就算身為魔族，一個月大就能施展魔法的人依舊相當罕見。

換句話說，這能作為我轉生的證據。即使如此，她應該不會因此相信我就是魔王吧，畢竟他們好像不認為魔王會轉生成嬰兒出生呢。

「……咦？哎呀？小米該不會是會在意年齡差距的人……？」

媽媽完全誤會了。

「不在意。」

「也、也是呢……年紀小的老公也很不錯唷，畢竟小諾長得這麼可愛。」

米夏再度朝我看來。

「……可愛……？」

「別這樣看我。」

看到這段互動，媽媽上下搖晃起雙拳。

「呀啊啊啊啊啊啊啊啊啊啊啊啊啊啊啊！喂，親愛的，你有聽到嗎？你有聽到剛剛那個嗎？『可愛？』『別這樣看我。』他們居然這麼說耶！討厭啦，這是哪來的老夫老妻？你們是老夫老妻嗎啊啊啊！」

媽媽興奮不已。爸爸則一面喝著酒，一面感慨萬千似的獨自頻頻點頭，眺望遠方。

總之她等等就會冷靜下來了吧?儘管我這麼想，媽媽的情緒卻始終高昂，滔滔不絕地說個不停，導致我完全無法糾正米夏和我的關係。

晚餐轉眼間結束了。在那之後，大家熱熱鬧鬧地聊著天，聊著聊著時間就已經很晚了。

途中為了送米夏回家，我們來到屋外。

「伸手吧。」

米夏老實地握住我的手。

「我用『轉移』送妳回家。」

「……你不知道在哪吧……?」

「心想著家的位置，我會讀取內心送妳回去。」

「辦得到?」

「當然。」

「好厲害。」

米夏直盯著我看。

她所想著的家的位置，經由牽著的手傳到我的腦海裡。

「今天真抱歉。」

米夏忙不迭地搖頭。

「我玩得很開心。」

「那就好。等爸媽冷靜下來後，我再跟他們訂正妳是我的朋儕。」

「……朋儕……？」

「啊，這個時代是叫做朋友嗎？」

聞言，米夏指著自己。

「……朋友……？」

「不對嗎？不然這種關係要怎麼稱呼才對？」

米夏搖了搖頭，接著嫣然一笑。

「我很高興。」

「這樣啊。」

「嗯。」

為了施展「轉移」，我在手上注入魔力。

「學校見了。」

「再見。」

米夏的身體漸漸消失，她轉移了。

§ 10 【不適任者的烙印】

幾天後——

我穿上貓頭鷹送來的制服，前往德魯佐蓋多魔王學院。

今天是第一天上學，眾多學生穿過校門，陸陸續續走進校內。仔細一看，他們身上的制服分為兩種。

我身上穿的是白色制服，除此之外也有人穿著黑色制服，乍看之下約各占一半左右，看樣子不像是照年級來區分的。

而且刻在校徽上的印記也分成好幾種。

我的校徽是十字，其他還有三角形、四角形、五芒星、六芒星等。放眼望去，好像就只有我的校徽是十字。

不過究竟是怎麼了？我感受到了奇怪的視線。

注意到我的人幾乎都以好奇的眼神盯著我瞧。

入學測驗時並沒有這種情形，但想太多也沒用，反正有問題的話很快就會揭曉了。

我才踏入校內，便看到一個大型公告欄，上頭記載著新生的班級。

阿諾斯·波魯迪戈烏多的名字寫在二班的欄位上。儘管我的父母姓氏為萊杰歐，但在迪魯海德生活時可以申請魔族的姓氏，我就設為波魯迪戈烏多了，因此爸媽在這裡也自稱波魯迪戈烏多。

確認二班的教室位於第二訓練場後，我逕自走上熟悉的城內階梯，前往教室。

我推開門，走進第二訓練場，裡頭排列著桌椅。教室內的學生們一齊朝我看來。

唔，果然沒錯，總覺得我備受矚目呢。

不過往後就要在同一個班上度過了。雖然不太習慣做這種事，但據說最初的招呼相當重要，就在這裡留下一個豪爽男兒的印象吧。

我露出滿面笑容，盡可能以颯爽的聲音說道：

「大家早！這個班級就由我支配了！反抗者格殺勿論！」

唔，先這樣吧。

或許是心理作用吧？總覺得有股傻眼的氣氛，難道是聲音不夠清爽嗎？

我也真是的，才第一天上學就太興奮了。

在依舊鬼鬼祟祟打量我的目光當中，摻雜著一道公然看來的大膽視線，來自穿著白色制服、有著一頭白金秀髮的少女——是米夏。

我走到她的座位旁。

「早。」

打完招呼後，米夏以不帶溫度的眼神朝我看來。

「早安。」

「我能坐妳隔壁嗎？」

「嗯。」

我拉開椅子，坐在米夏的隔壁座位，順便開口問她：

「剛剛的笑話妳覺得怎樣？」

米夏微歪著頭。

「……笑話？」

「就是反抗者格殺勿論啊。」

想必不會把這句話當真吧。這在神話時代可是相當受歡迎的哏，部下們也常因此回道：「請、請別說笑了……」

「……我想會被誤會……」

嘖，果然是這樣嗎？這就是所謂的世代差異啊。

早在入學測驗時，我就已經下定決心別再開玩笑，卻還是忍不住說了。

「等我稍微熟悉班上情況後再說笑話會比較好嗎？」

「嗯。」

但還是有視線投來呢。

「打從剛才就一直覺得有人在看我，妳知道原因嗎？」

「流言傳開了。」

「關於我的嗎？是怎樣的流言？」

「……你不會生氣……？」

「別看我這樣，我可從來沒生過氣。」

「……那個印記……」

米夏指著我的校徽。

「代表魔力測量與適任性檢查的結果。」

「喔，原來是這樣啊。這要怎麼看？」

「多角形或芒星的頂點愈多愈優秀。」

也就是說，在魔力測量與適任性檢查的總和上，四角形優於三角形、五芒星則優於四角形。

「我的校徽就連芒星也不是，是十字耶？」

既非三角形，也不是四角形。

「那是魔王學院首次出現的印記，是烙印……」

烙印？唔，是不好的意思嗎？

「這代表什麼？」

「不適任者。」

米夏淡然說道：

「魔王學院是培育次世代魔皇的學院，只允許魔王族入學。」

由於開學之前很閒，我事先調查過了——寫作魔王的只有身為始祖的我一個，其他人似乎寫作魔皇，在稱謂上作出區別。而所謂的魔王族指的是繼承始祖之血的魔族。

「至今為止，從未有魔王族被判斷沒有魔皇的適任性，阿諾斯是有史以來第一個不適任者。」

她停頓了一下，重新說道：

「所以流言傳開了。」

唔，雖然不知道魔皇的適任性是怎樣判斷的，但既然貨真價實的始祖被蓋上了不適任者的烙印，就只能說是檢查方法有問題了。

本來還以為只要進入學院，對方就會擅自察覺到我，但看樣子這時代的魔族似乎比我想像的還要退化。

「我知道魔力測量是因為我的魔力太大而無法測量，但適任性檢查應該是滿分啊。」

「……你有自信……？」

「是呀。」

畢竟都是些要我回答始祖的名字、始祖的心情等，有關於我的問題。

我絕對不可能答錯。

不對，等等？

「喂，米夏，妳回答得出始祖的名字嗎？」

米夏面無表情地直眨著眼。

「始祖的名諱令人惶恐，不能直接說出口。」

「那我的名字是？」

她一面微歪著頭，一面說道：

「阿諾斯？」

「全名是？」

「阿諾斯・波魯迪戈烏多。」

原來如此。

「方便讓我試試看嗎？」

我把手放在米夏頭上。

她並未特別排斥，以不可思議的眼神瞧來。

「怎麼了嗎？」

「妳想一下始祖的名字。」

「……嗯……」

下一瞬間，我讀取了米夏的內心。

名字浮現而出。

——暴虐魔王阿伯斯·迪魯黑比亞——

「……這傢伙是誰啊……？」

「很奇怪嗎？」

「這個名字是錯的。」

米夏搖了搖頭。

「……這是正確答案，沒有魔王族會搞錯魔王的名諱……」

「『始祖的名諱令人惶恐，不能直接說出口。』妳是這麼說的吧？」

米夏點頭。

「原來如此。」

也就是說，由於大家都感到惶恐而不說出口，導致兩千年後的現在已完全遺忘始祖的名字，將錯誤的名字流傳下來了。

未免也太蠢了吧。

仔細想想，里歐魯格說過施展起源魔法需要賭命。既然起源是我，卻連我的名字都搞錯，也難怪會需要賭命了呢。

如果連名字都是這樣，適任性檢查要人回答始祖心情的問題，我也只能認為正確答案本身就是錯誤的了。

我睡昏頭施展「獄炎殲滅砲」的事，以及魔族沒人死去的事，恐怕全都沒有流傳下來吧。

但要是這樣，我的部下到哪裡去了？是捨棄記憶轉生了，或是仍在轉生途中？畢竟都過了兩千年，想得到各種可能性。

「要怎樣判斷有沒有魔皇的適任性？」

「思考與感情愈接近暴虐魔王的魔族適任性愈高。」

原來如此。

「暴虐魔王據說是個怎樣的人？」

「是兼具冷酷與博愛的完美存在，無時無刻不為魔族著想，不顧自身安危地戰鬥著。他清心寡慾、品格高尚，其暴虐的行徑也全是基於旁人所無法估量的崇高想法。」

這個完美超人是誰啊？

不可能會有這種人吧，笨蛋。

雖然我一點都不在意傳說或傳承怎麼被加油添醋，但大家怎麼會相信這是事實啊？看這慘不忍睹的情況，我會被蓋上不適任者的烙印也是沒辦法的事。

畢竟我被認為就連魔王的名字都不知道。

「話說回來，我現在知道烙印的意思了。但制服為什麼會有兩種？」

這間教室裡，身穿黑、白制服的學生也各占一半。

「黑制服是特待生，也就是純血的魔王族，一般稱為皇族。」

「妳是說像里歐魯格他們嗎？」

「嗯。」

魔王族是指繼承我的血的魔族。要說是純血或許有點奇怪，但理由很簡單——兩千年前，我利用自己的血施展魔法，創造出七名魔族。這七名魔族為了增加子孫，也依樣以自己的血為基礎創造魔族。隨著同樣完全繼承我的血的魔族們逐漸增加，不久之後，即使不靠魔法，純血子孫之間想必也能生下子嗣。

「特待生可以免除入學測驗。」

「既然如此，那傢伙為什麼會參加測驗啊？」

「想參加的人還是可以參加。」

原來如此。會跑來參加入學測驗的，大概是想誇示自身力量的人吧。

難怪盡是些無名小卒。真正的強者不需要特意誇示力量嘛。

就在此時，遠方響起鐘聲。

「各位同學請坐好。」

我抬起頭，只見一名身穿黑色法袍的女性走進教室。

她在黑板上用魔法寫字。

——艾米莉亞・路德威爾——

「我是二班的班導，艾米莉亞。請多指教。」

嗯，畢竟是個教師，魔力還算過得去呢。至少里歐魯格那種貨色應該對抗不了她。

「那麼，我們立刻來進行第一次分組，想擔任組長的人請報名。但條件是要能施展接下來所教的魔法。」

突然就開始上課了？艾米莉亞在黑板上畫起魔法陣。黑板是訂製品，想必是魔法具吧，能驅動魔力在上頭書寫文字或畫出啟動的魔法陣。

看那術式，是「魔王軍」的魔法嗎？

「我想各位是第一次看到，這招叫做『魔王軍』，簡單來說是能讓術者為王，使部下的部隊獲得特殊力量的魔法，會在上課時讓大家實際操作。今天只需要畫出魔法陣，看各位有沒有辦法施展魔法。能施展魔法的人才有資格擔任組長。」

以「魔王軍」的魔法特性而言，應該是想在此藉由能否成為組長，區分學生有沒有成為魔皇的資格吧。

「那麼，想報名的人請舉手。」

我毫不遲疑地舉手了。

雖然盡是些不知道我就是魔王的無能傢伙，不過算了，我不怪他們。無論如何，他們都是我的子孫們嘛，我也有一部分責任。

即使無法立即明白，總之只要仰仗實力證明就好。

不過，該說是不出所料嗎？同學們的反應不怎麼好呢，個個像是嚇到似的看著我。

哎呀哎呀，就算是不適任者，也不需要報個名就這種反應吧。

「白制服是不能報名的。」

米夏悄聲跟我說。

的確，除了我之外，舉手報名的都穿著黑制服。

也就是說必須是純血嗎？未免也太蠢了。

「你是阿諾斯同學吧。很遺憾，你沒有資格。」

「為什麼？」

「因為你是混血。」

「縱使是混血，也沒道理比純血遜色。」

聽到我這麼說，艾米莉亞不高興似的說道：

「你這是在批評皇族嗎？」

無論是誰，都只會來這一套呢。

「廢話少說，妳就試著證明純血比混血優秀吧，假如不能就讓我報名。」

艾米莉亞嘆了口氣。

「你完全搞反了，證明是我等魔王始祖做的事。要是你說混血比較優秀，就請證明你能贏過皇族吧。」

「喔？如果我有辦法證明，即使報名也無所謂嗎？」

「你有辦法的話。」

我忽然笑了。

「就讓我對這句話行使『契約』嘍。」

「咦，怎麼會……你是什麼時候……施展魔法的……？」

用「契約」魔法進行口頭約定可是神話時代的常識，沒能注意到這點是教師的疏失呢。

總而言之，我起身走到黑板前。

「開發『魔王軍』的人是皇族嗎？」

「是呀。」

嗯，這麼回答也不奇怪，因為是我開發的嘛。

「我找到術式的缺陷了。」

「別開玩笑了，怎麼可能會有缺陷呢？『魔王軍』的魔法術式在這兩千年間都是以這個形式流傳下來的，從未有人發現缺陷。」

「剛好我是在兩千年前發現的，沒辦法在轉生期間內進行修正。」

我將畫在黑板上的魔法陣改掉三個部分。

「這才是完美的形式。既然自稱教師，只要看就知道了吧？」

艾米莉亞以難以置信的表情盯著魔法陣。

「怎麼會……只改寫了三個部分，魔力效率就提升了一成……魔法效果則是一點五倍……？居然有這種事……」

教室內鼓譟起來。

「……那傢伙……究竟是誰啊……？」

「指出首次見到的魔法陣缺陷，甚至加以改寫……這種事我連聽都沒聽過……學生基本上就連魔法研究的基礎都沒接觸過耶……」

「而且還說魔法效率了提升一成，魔法效果是一點五倍……」

「這是世紀大發現吧……」

唔，才這種程度就那麼驚訝，水準未免太低了。

而且——

「還真是可惜啊。」

艾米莉亞朝我看來。

「魔法效果是兩倍。這個魔力門會向這三個魔法文字進行干涉，產生對根源發動兩次的押韻。」

「啊……」

看來她總算注意到了。艾米莉亞看似感到可恥地縮起身子。

「想要的話，我也能代替妳當老師喔。」

「……允……」
「嗯？」
「允許你報名……請回座。」
她好不容易才低聲說出這句話來。

§ 11 【破滅魔女】

待我回到座位上後，艾米莉亞說道：
「請報名者起立。」
方才舉手的學生們一齊站起。
加上我共有五人嗎？雖然沒什麼興趣，然而瞥了一眼後，我稍微在意起其中一名少女。
她有著金髮碧眼與雙馬尾，儘管表情看起來相當好勝，然而無論體型、長相都跟米夏很像。最重要的是，她們的魔力波長十分相似。
「接下來開始分組，請報名擔任組長的學生自我介紹。那麼……請從莎夏同學開始。」

方才的雙馬尾少女面帶好勝的表情，露出微笑。

「我是涅庫羅家的血親，七魔皇老之一艾維斯．涅庫羅的直系親屬──破滅魔女莎夏．涅庫羅，請各位多多指教。」

莎夏捻起裙襬，優雅地行了個禮。

米夏雖然聽得心不在焉，雙眼卻目不轉睛地望著她。

「既然她姓涅庫羅，也就是說……？」

「……是我的姊姊……」

原來如此，她就是那個不知道關係是好是壞的姊姊嗎？

莎夏穿著黑制服，代表她是純血；但米夏身穿的是白制服。

意思是──

「妳們的母親或父親不同嗎？」

聞言，米夏搖了搖頭。

「……我們的雙親一樣……」

「既然如此，米夏應該也是純血吧？」

「穿上白制服也有血統以外的理由。」

「為什麼？」

米夏沉默了一會才說道：

「……是家人決定的……」

「家人是指？」

「涅庫羅家。」

唔，不把其中一名純血的女兒視作皇族，是有什麼內情嗎？在這個把血統看得非常重要的時代，這是很不自然的事吧。

「阿諾斯同學，輪到你了。」

似乎在我和米夏說話的這段期間輪到我了。

之後再進一步詢問吧。

首先是自我介紹。我面向學生們，侃侃表示：

「我是暴虐魔王阿諾斯．波魯迪戈烏多。話先說在前頭，你們所相信的魔王之名根本是假的，魔王的真名是阿諾斯．波魯迪戈烏多，但你們應該不會相信吧。我不怪你們，反正往後你們就會明白了。請多指教。」

我的自我介紹讓教室內鴉雀無聲。

儘管里歐魯格也曾說過，但看來光是自稱始祖就會被視為冒牌貨，或是不敬之舉吧，更何況我還宣稱傳承下來的始祖之名是錯的。

眾人紛紛偷偷打量起我，竊竊私議著不適任者如何如何的話題。

或許是因為剛才的事吧，本來應該要斥責我的艾米莉亞卻輕鬆帶過了這件事，繼續說明：

「這樣所有人都自我介紹完了，請未報名擔任組長的同學移動到覺得優秀的組長身旁。由於大家應該都還不太了解對方，就算憑藉第一印象挑選也無所謂。小組沒有人數限制，也有可能形成人數眾多的小組。」

聽到她這麼說，學生們各自起身，移動到覺得優秀的組長身邊。

「另外，隨時都能更換小組，但組長能選擇要不要讓組員加入自己的小組。而當組員一個也不剩時，將會喪失擔任組長的資格。」

也就是用來測試領導人器量的機制吧。

「喂，你要選誰？」

「果然還是莎夏大人的小組吧。」

「也是呢。說到破滅魔女，就連在混沌世代當中也是潛力股，甚至有謠傳她正是始祖轉生。」

「是呀，這我也很清楚，是個有著驚人魔力與魔法的人呢。」

唔，那個名叫莎夏的少女正是混沌世代的其中一人嗎？

雖然我才是始祖，但既然會這樣謠傳，表示她的魔力相當強大吧，證據就是大多數學生都移動到莎夏身旁了。

一旁的米夏站起身，朝莎夏的方向看了一眼後，面無表情地望著我。

「想去姊姊那邊就去吧。」

米夏忙不迭地搖頭。

「……阿諾斯的小組比較好……」

「是這樣嗎？」

「嗯。」

「感謝妳。」

米夏有些害羞地說道：

「……因為是朋友……」

「說得也是呢。」

但這樣才總算有了一名組員啊……儘管姑且能組成小組，但接下來該怎麼做才好呢？

只要使用魔法，召募組員這點小事總會有辦法，但這樣實在沒什麼意思呢。正當我想著這種事時，金髮少女分開人群，朝我走了過來。

是莎夏。

「你好。你是阿諾斯．波魯迪戈烏多吧？」

「沒錯。」

她朝米夏看了一眼。

「看來你只有一名組員呢，而且還是讓這種沒用的人偶加入小組，你腦袋是不是有問題啊？」

唔，突然跑來找我碴，真是個奇怪的女人啊。

「沒用的人偶是在說米夏嗎？」

「除了她以外還有誰嗎？」

莎夏嘲笑般的俯瞰著我。

「你知道嗎？她並非魔族，卻也不是人類，一如我方才所言，是個沒用的人偶，沒有生命、沒有靈魂、沒有意志，只是個仰賴魔法運作的破爛人偶。」

是魔法人偶那類的存在嗎？

米夏曾說過她們的雙親相同，也就是利用魔法從雙親的血中孕育而生的嗎？

魔法人偶的製作方式五花八門，實際上確實有靠魔族懷胎生產而製作的魔法人偶，若是完成度高的人偶，甚至真的會活起來。

「這又怎麼了嗎？」

「……居然說『這又怎麼了嗎』……」

「唯有對魔法概念的理解過於膚淺，才會認為魔法人偶不具生命與靈魂。妳必須更加睜大魔眼，仔細窺看深淵。」

儘管臉上閃過驚訝，莎夏卻仍狂妄地笑了起來。

「我是來向你提出忠告的，跟這種被詛咒的人偶在一起，說不定會發生什麼不幸的事喔。喂，你知道了吧？」

我忍不住哧笑。

「咯咯咯……咯哈哈哈！什麼，這算是威脅嗎？妳是在威脅我嗎？」

見狀，莎夏狠狠地瞪著我。

「你想死嗎？」

莎夏的碧眼浮現魔法陣。只見一個窺看著這邊情況的學生慌慌張張地說道：

「喂，那傢伙慘了。要是和莎夏大人的眼睛直接對上……」

「……這話是什麼意思？」

「你不知道嗎？莎夏大人有著特別的魔眼(眼睛)。被稱為『破滅魔眼』。只要她想要，便

能喚醒映入眼中的一切事物的破滅因子，使萬物自行崩壞。這也是莎夏大人之所以稱作破滅魔女的理由。」

原來如此，是特異體質嗎？無論米夏還是莎夏，看來涅庫羅家具備了專門強化魔眼的魔法特性呢。

但對我毫無效用。

「……怎麼會……」

「怎麼啦？玩膩大眼瞪小眼的遊戲了嗎？」

我睥睨著莎夏，朝眼睛注入魔力，畫起魔法陣。

「那個魔眼……騙人的吧……？你……」

「怎麼？難道妳以為自己會的事我辦不到嗎？我先說了吧，妳運用『破滅魔眼』的方式實在太不像樣了。」

儘管水準相當不賴，然而莎夏的魔法術式一樣很不成熟。

為了她的將來著想，我就教導她一下吧。

「就讓妳見識吧，這才是真正的『破滅魔眼』。」

「……啊……啊……」

教室裡沒有任何東西崩壞，莎夏乍看之下也毫髮無傷。我用魔眼破壞掉的，是她略顯狂妄的心。

「難以置信……那傢伙居然能若無其事地與莎夏大人對望……」

「……我曾在莎夏大人使出『破滅魔眼』時不小心與她四目相接，光是這樣就昏迷了一年沒醒耶……」

「這是怎麼回事啊？那傢伙應該是白制服，而且是不適任者吧？居然不光是魔法術式的知識，就連反魔法都這麼厲害……」

唔，教室內好像鼓譟起來了。

「……其實，由於下了封口令，沒辦法跟別人講，但我在入學測驗時曾看到阿諾斯把那個里歐魯格大人給秒殺了……」

「咦咦……？把那個魔大帝……秒殺！」

「在那之前還輕鬆幹掉了傑貝斯。」

「你說幹掉了？沒開玩笑吧？居然幹掉了！」

「是呀，之後還讓他復活了。」

「復活！」

「然後又幹掉了。」

「又幹掉了……」

「傑貝斯之後還變成什麼腐死者，將里歐魯格大人燒成焦炭。」

「怎、怎麼可能？」

「……奇怪？但我在入學測驗後好像有看到里歐魯格大人耶……」

「最後兩個人都復活了……」

「到底是怎樣啦？莫名其妙……」

好了，就這樣饒過她吧。

「妳要發呆到什麼時候？自行崩壞的只有心的表層，給我振作點。」

我輕摸莎夏的頭，喚醒她的精神。

彷彿猛然回神一般，她的視線捕捉到我。

「……你到底是什麼人……？」

「我應該自我介紹過了吧？」

我狂妄一笑。她不甘心地瞪著我。

「話說回來，莎夏，妳似乎有著相當不賴的魔力，要不要加入我的小組？」

或許是沒料到我會這麼說吧？只見她瞠大雙眼，啞口無言。

§12 【「魔王軍」的魔法】

「……你、你在說什麼啊……簡直莫名其妙……」

我還想說她總算開口了，卻是這麼無聊的回答。

「這是在邀請妳加入我的小組，有哪裡聽不懂嗎？」

「不是這個意思。我可是組長唷！」

「不當不就好了。」

「你說什麼？」

莎夏目瞪口呆地看著我。

「別說蠢話了，我沒有理由放棄當組長。」

「只要加入我的小組，就能和米夏和睦相處喔。」

應該是被這句話觸怒了吧？莎夏惡狠狠地瞪了過來。

「我可從來沒把那個人偶當成妹妹過喔。」

丟下這句話，莎夏便返回自己的座位上。

「不好意思。」

隔壁桌的米夏喃喃道歉。

「妳沒必要道歉，跑來找我碴的人是她。」

米夏忙不迭地搖頭。

「……莎夏是個好孩子……」

不知她是想袒護姊姊，還是真心這麼覺得？

因為米夏面無表情，這點實在難以判斷。

「所以是我的錯。」

唔，儘管被說是破爛人偶，米夏卻似乎一點也不憎恨姊姊。

「那我換個說法吧。她那冷不防地想用『破滅魔眼』殺掉我的作風很有精神，讓我玩得很開心。妳一點過失也沒有。」

米夏直盯著我瞧。

「你真溫柔。」

話雖如此，我仍有些在意啊。

「她說妳是人偶是什麼意思？」

「…………」

米夏緘口不語。

「……不說不行嗎……？」

不想說嗎？

也罷。反正無論米夏是不是魔法人偶，都不會改變她是我朋友的這件事。

「沒關係，只是姑且問問。」

聞言，米夏安心地笑了。

「嗯。」

此時，像是要大家的注意力重新回到課堂上，耳邊傳來了拍手聲。

「請注意我這邊。那麼，看大家似乎都決定好小組了，我要繼續說明嘍。請各位回到座位上。」

聽到艾米莉亞這麼說後，學生們紛紛返回自己的座位上。

「往後的日子，我們授課的內容會暫時以『魔王軍』的魔法為中心。儘管任何魔法都一樣，但『魔王軍』是特別針對實戰的魔法，一個禮拜後會先進行班內的小組對抗測驗。請大家抱持著這種心理準備好好學習。」

語畢，艾米莉亞開始說明「魔王軍」及利用這招魔法進行的小組對抗測驗。

「魔王軍」是在率領集團戰鬥之際，用來提升全體戰鬥能力的軍隊魔法。

雖是有些奇特的魔法，卻會讓術者與其部下分別獲得七種職階。

魔王(King)、築城主(Guardian)、魔導士(Mage)、治療士(Healer)、召喚士(Summoner)、魔劍士(Cavalier)、咒術師(Shaman)。

這七種職階分別存在著魔法所賦予的職階特性。

舉例而言，築城主會在建築城堡或地城的創造魔法，以及構築防壁或魔法屏障的防禦魔法上，獲得魔法強化的恩惠。

另一方面，則會在武器魔法與攻擊魔法上強制遭受魔法弱化的效果。

只要遵守這些職階特性，「魔王軍」的魔法便能全面性地提高集團魔法力。

術者必定是魔王，持續地賦予部下們魔法效果，此外還能供給魔力。

而當魔王死亡或魔力枯竭時，理所當然地便會使「魔王軍」的魔法無法維持，進而喪失魔法效果。

「那麼，先來看看報名成為組長者有沒有辦法施展『魔王軍』的魔法。」

要是報名者無法施展魔法，就表示選他作為組長的組員也沒有看人的眼光吧。

眾人依序施展「魔王軍」的魔法，但報名擔任組長的五人當中並未有人施展失敗。

老實說，多半都是無法在實戰中派上用場的水準，唯獨莎夏施展得相當穩定。真不愧是被稱為混沌世代的人呢。

「很好，大家表現得都不錯。接下來要來詳細說明『魔王軍』了。首先——」

艾米莉亞重新開始授課。

然而這是我開發的魔法，所以盡是些我早就知道的內容，甚至偶爾還會公然出現錯誤的說明。一一指出實在沒完沒了。我就當作沒聽見吧。

無聊的授課讓我漸漸感到睡意。注意到時，我已經恍惚地打起瞌睡。

不久後，在朦朧的意識當中，響起了授課結束的鐘聲。

「米夏。」

冷冰冰的聲音拂過耳朵——是莎夏。

「能幫我向那傢伙傳話嗎？」

那傢伙是指我嗎？

「……叫醒他……？」

「不需要。」

我還以為她會立刻道出來意，卻不知為何沉默了一段時間。

「喂，那傢伙跟妳是什麼關係？」

頓了一會，米夏回答：

「朋友。」

「這樣啊。妳開心嗎？」

「……嗯……」

「喔，這樣啊……哼——真是太好了呢。」

儘管話中帶刺，但我總覺得她似乎很高興。

米夏曾說過不清楚她們的關係是好是壞。包括她不討厭莎夏的情況在內，那段破爛人偶的發言也是基於某種內情嗎？

畢竟就算是姊妹也一樣會吵架嘛。

「所以妳究竟有什麼事？」

「呀！」

莎夏嚇到似的向後退開。

「能……能不要突然醒來嗎？害我嚇了一跳。」

「沒辦法仰仗魔力的流動判斷我有沒有醒來嗎？真沒出息呢。」

話一說完，莎夏便狠狠地瞪了過來。

「所以妳到底有什麼事？」

莎夏的眼瞳中浮現「破滅魔眼」。

就我來看，她的魔眼應該是隨著自身的情緒變化與激動程度，自然地顯現而出吧。

也就是說，她並沒有辦法控制。儘管如此，真是雙美麗的魔眼，這份美麗正是她才能的表徵吧。

「來一決高下吧。」

這是個讓我意想不到的提案。

畢竟無論魔族還是人類，兩千年前有勇氣向我侃侃道出這種話來的人，可說是一個也沒有。

「和我？要怎麼比？」

我哧哧笑了起來。無論要怎麼比，我都完全不覺得自己會輸。

「艾米莉亞老師說過了吧。一個禮拜後要進行『魔王軍』的小組對抗測驗。贏的人可以命令對方去做任何事情，如何？」

原來如此。

「這似乎挺有趣的。」

「倘若你贏，要我辭掉組長、加入你的小組也行喔。」

「妳贏的話呢？」

莎夏揚起微笑，說道：

「我要你。」

「要我加入妳的小組？」

「不，我要你跟那個人偶斷絕關係，成為我的東西，絕對服從我的命令，無論再瑣碎的事情都不許頂嘴。」

莎夏一臉高傲地俯瞰著妹妹。

「米夏，給我記好，妳的東西全都是我的，無論朋友還是其他任何事物，妳是一樣都得不到的。這麼有趣的玩具對妳來說太浪費了。」

哎呀哎呀，我不清楚她這是不是在譏諷妹妹，但敢把我當成玩具看待，這膽量還真是令人佩服呢。

「我無所謂喔。」

「哎呀？你答應得相當爽快呢，真的沒問題嗎？」

「反正我會贏。」

莎夏生氣似的瞪了過來。

「剛才只是我一時大意。一個禮拜後，你就洗好脖子給我等著吧。」

她揚起裙襬，轉身離去。

「要是在同一組，妳們說不定就能和好了呢。」

我一跟米夏這麼說，她便像是嚇到般直眨著眼。

「所以你才邀請莎夏……」

「說不定是我多管閒事就是了。」

米夏忙不迭地搖頭，淡淡一笑。

「謝謝。」

我總認為米夏應該想和莎夏和睦相處，看來猜對了。

儘管莎夏那邊的問題似乎不太好解決，但總會有辦法吧。

「別在意。小組對抗測驗一起加油吧。」

米夏點點頭。

「……加油……」

§13 【小組對抗測驗】

一個禮拜後——

二班的學生們為了進行小組對抗測驗，來到德魯佐蓋多魔王學院後側的魔樹森林。

散發著陰森氣息的樹木綿延不絕，溪谷與山峰映入眼簾。廣大的土地最適合進行魔法訓練了呢。

「那麼立刻分為兩組，開始小組對抗測驗。首先是莎夏組。」

艾米莉亞一點名，莎夏便向前出列。

「請為各位同學做好示範。」

「我知道了。」

她嫣然一笑。

「至於作為對手的小組……」

莎夏直瞪著我。

就算不擺出這種表情，我也不可能逃走啊。

「我來吧。」

我和米夏一起出列。

「那麼，首先由莎夏組與阿諾斯組進行小組對抗測驗。由於測驗結果將會影響成績，還請不要放水，認真對戰。」

留下這番話，艾米莉亞便帶著其他學生離開森林。

監視是利用使魔或大鏡子進行的吧。畢竟使用軍隊魔法「魔王軍」進行的小組對抗測驗可說是一場模擬戰爭，要是被捲入其中，實在無法輕易了事。

「做好覺悟了嗎？」

莎夏睜著「破滅魔眼」，態度強硬地瞪了過來。我坦然承受。

「妳這是在對誰說話啊？」

「你這傢伙還是一樣囂張呢。有好好記得約定吧？」

「有。」

「口頭約定無法信賴呢。」

「對我來說也是啊。」

正當我打算施展「契約」時，莎夏卻不同意我提出的內容，使魔法效果失效。

「說無法信賴口頭約定的人，應該是妳吧？」

「天曉得你所施展的『契約』會暗藏怎樣的契約內容啊。」

嗯，看來她並未輕蔑我是不適任者，有確實地注視深淵呢。

「讓這孩子來做。」

莎夏望著我身後的米夏。

即使被「破滅魔眼」瞪著，她依舊毫無動搖，目不轉睛地回望著姊姊。

「……我可以嗎……？」

「是呀，反正誰來都無所謂。」

米夏舉起手掌，展開「契約」的魔法陣。

以魔法文字寫上條件後，莎夏就在上頭簽字。一旦雙方不同意便絕對無法違反的魔法契約訂立了。

「你想要我選哪一邊的陣地？」

「隨妳高興吧。無論選哪裡都一樣。」

「這樣嗎？那我就選東側了。」

理所當然地，我的陣地就在西側了。

「喂，給我好好記住，我等一下就會讓你後悔擺出這種傲慢態度。」

莎夏轉過頭，領著組員們朝魔樹森林的東側離去。

「我們也走吧。」

「嗯。」

我們隨意地走到森林西側。

在那裡暫時待命。

「好啦，差不多要開始了吧？」

飛在上空的貓頭鷹傳來「意念通訊」。

「即刻開始莎夏組與阿諾斯組的小組對抗測驗。允許使用一切魔法具與魔法，當魔王無法戰鬥或維持『魔王軍』時，測驗便會結束。測驗區域為魔樹森林全區，離開此範圍的學生會視作投降。請各位不負始祖之名，使出全力痛打敵人吧！」

不負始祖之名嗎？

但我並沒有特別喜歡痛打敵人。

神話時代不像如今這般和平，單純只是這麼做的成果最好，我才這麼做的。

我本來可是個和平主義者，但看來被這個時代的人們誤解了。話說回來，我要是生性好戰，怎麼可能會乖乖被蓋上不適任者的烙印嘛。

算了，這也不是現在才開始的吧。

「作戰策略是……？」

米夏淡然詢問。

「就算妳這麼問，我們也只有兩個人呢。」

莎夏組有班上一半的人數，大約是三十人。

「米夏有什麼意見？」

聽我這麼問，她面無表情地陷入沉思。

「……我的職階是築城主，擅長『創造建築（airisu）』的魔法……」

我早已施展「魔王軍」的魔法。儘管能自由分配部下職階，但因為米夏擅長「創造建築」的魔法，於是讓她擔任築城主。

築城主的職階會在建築城堡與地城，以及構築防壁與魔法屏障的魔法上獲得正向的魔法修正。而且根據「魔王軍」術者，也就是我的魔力，甚至有辦法更加提升這股力量。

「施展『創造建築』建築魔王城。魔王城的加護能提升魔王的能力，有利於守城。」

相當穩妥的戰術呢，能發揮我和米夏的最大實力。

「不過莎夏恐怕也會判斷我們會這麼做吧。」

「所以該怎麼辦？」

老實說，根本不需要考慮戰術。畢竟不管怎麼做，我都不可能會輸。

但既然要打，我想瞧瞧莎夏驚慌失措的表情。

「就用對方絕對想不到的戰術來個攻其不備吧。」

米夏面無表情地回望著我。

「怎麼做？」

「魔王職階能將魔力分配給部下，相對地，單獨作戰的能力便會變弱。建築魔王城來運用加護是標準套路。」

只要待在魔王城，魔王職階就能發揮比平時強大的力量。

不過這也得看築城主的能耐就是了。

「所以就用我方的魔王城作為誘餌，由我單獨前往對方的魔王城。」

「…………」

儘管表情依舊，但米夏像是嚇到般一語不發。

「怎樣？」

「……魯莽……」

我爽朗地哈哈大笑。

「對方也會這麼想吧，這樣才能攻其不備。」

「……沒問題？」

「一般而言，即使利用這種作戰攻其不備，也只會遭到魔法集中砲火，被打成蜂窩呢。而且還得具備足以跟對方抗衡的力量，使戰術生效。」

看來是在擔心我吧，米夏面無表情地僵住了。

「不安嗎？」

聽我這麼詢問，米夏忙不迭地搖頭。

「是很不安……但阿諾斯很強。」

看來米夏相當懂呢。她靠著那雙魔眼，確實注視著我的根源與深淵。

「誘餌就交給妳了。」

米夏點了點頭。

「小心點。」

「我會的，畢竟我不擅長手下留情呢。」

聞言，米夏直眨著眼。

「我是指阿諾斯。」

「我？妳要我小心點？」

我忍不住反問。

米夏微歪著頭。

「……很奇怪……？」

「不。」

咯咯，我發自內心笑了。

沒想到我會在戰鬥中被人擔心呢，這就是所謂的朋友嗎？哎呀哎呀，感覺還挺新鮮的。

不過，意外地還不壞。

「米夏也要小心喔。」

「嗯。」

我揮手向米夏告別，筆直前往屬於莎夏組陣地的東側森林。

不久，後方流出巨大的魔力。

我回頭望去，只見西側森林分別在三個地方建起了巨大城堡——是米夏的魔法吧，恐怕是用來當誘餌的假城。不過能在這麼短的時間內建起三座如此巨大的魔王城，她的魔力即使在班上也是超群出眾。

但得扣掉我就是了。

「好啦。對方的反應是……？」

我啟動魔眼，監聽「意念通訊」，隨即聽到聲音。

「莎夏大人，敵陣建起了三座城堡。」

「其中兩座恐怕是陷阱。對方的魔王應該就躲在剩下那座裡呢。」

「要將城堡逐一破壞嗎？」

「不，就算是米夏也沒辦法在這麼短的時間內創造完整的魔王城，她是打算爭取時間，打造出一座堅固的魔王城吧，得搶在那之前發動攻擊才行。」

「了解，請下達指示。」

「以魔劍士、治療士、治療士、召喚士的部隊編制，分別前往不同魔王城。」

「遵命！」

原來如此，組成三隊由魔劍士、治療士、治療士、召喚士組成的部隊嗎？也就是說，共有十二人會前往我方的魔王城。

留下半數以上的戰力堅守己方陣地，意外地採取了穩健的戰術呢。

那麼──

「唔，總算把城建好了嗎？」

儘管比預期的還要花時間，但對方陣地也出現了巨大魔王城。要是沒有目的地，縱使是我也不知道該怎麼走嘛。

既然如此──我施展「轉移」。

隨著視野變得純白一片，下一瞬間，眼前即是莎夏組建築的魔王城。

我所監聽的「意念通訊」在腦中嘈雜響起。

「莎、莎夏大人！」

「怎麼了？」

「魔、魔王……阿諾斯．波魯迪戈烏多突然出現在這座城堡前！」

「什麼！他是怎麼辦到的……？」

「不清楚。咒術師雖然有嚴加注意己方陣地的魔力流動，但真的突然就冒出來了！只能認為他施展了某種我們不知道的魔法！」

接著傳來莎夏猛然倒抽一口氣的聲音。

「……那招該不會是……失傳的魔法『轉移』……？這怎麼可能……然而除了這招以外……」

唔，沒有實際見過卻能察覺，看來她的腦袋很靈活呢。

「聽好了。無論如何，魔王單獨闖來，就像是要我們殺了他。他或許打算趁我們不備之時攻擊，但就讓我們來教教他，這只是把單純的魯莽和戰術搞錯了！」

「真的是這樣嗎？」

我一介入「意念通訊」，莎夏組便驚慌失措了起來。

「什麼……這是怎麼回事？為什麼會在『意念通訊』上聽到那傢伙的聲音！」

「我、我也不知道，魔法陣也沒有出現任何問題，照理說不可能會聽到！」

「然而實際上就是聽到了吧！快去分析原因！『意念通訊』有可能被監聽了！」

哎呀哎呀，還真吵呢。

「原因是組成的魔法術式。魔法陣再現率百分之八十九，整體而言水準太低了，就像是要我去監聽一樣呢。」

「怎麼可能……再現率百分之八十九可是國家層級的安全通訊耶！你居然能監聽！」

魔法陣會編入用來施展魔法的魔法術式，魔法術式又分為理論術式與有效術式。理論術式是用來施展魔法的最佳化魔法術式，實行時卻難以原封不動地重現這種理論魔法陣，會因為使用者與環境影響導致劣化，這便稱為有效術式。而用來表示能發揮理論術式幾成效力的數值則叫做再現率，有時也稱作有效值。

在這個時代，無論就理論術式或是有效術式的含意來說，魔法術式的水準都很低。然而理論術式不是一朝一夕就能理解的，所以我沒有提出來。

「別被他的話給騙了！應該有其他原因！」

都這麼親切地跟你們講了，居然不信啊。

「沒問題的。」

莎夏的一句話讓部下們總算恢復冷靜。

領袖魅力還算不錯啦。

「即使『意念通訊』遭到監聽，對手的魔王依舊單槍匹馬。面對這座用上七名築城主之力創造的魔王城，他就連第一層都突破不了。」

七名築城主嗎？看來想必打造得相當堅固。城裡應該準備了許多異界、陷阱，以及用來強化魔王的加護吧。

只不過——

「這座城堡看起來還真輕呢。」

我筆直地走近魔王城，把手放在牆壁上。

「沒用的，上頭也施加了多重反魔法喔。」

「光只有警戒魔法，妳還真是不懂什麼叫做戰鬥呢。」

我用力抓起牆壁，手指陷入城牆。

「給我記好了，城堡是要再造得沉重一點的東西。」

嘎、嘎嘎嘎、咚隆隆隆隆隆……魔王城從地上被拔了起來。

「發、發生了什麼事！咒術師？」

「難、難以置信！那傢伙……阿諾斯．波魯迪戈烏多把這座城堡舉起來了！」

「什麼……這、這怎麼可能呀……！」

我從地面上完全拔起這座魔王城，單手舉起。

「……騙人……為什麼明明沒有受到加護的魔王會擁有這種力量……他是怎麼辦到的……？」

「的確，只要使用『魔王軍』，力量就會受到職階左右。但醜話說在前頭，我的實力本來就跟你們有著天壤之別喔。」

我讓身體慢慢旋轉，舉起來的魔王城也跟著緩緩轉起。

隨著離心力愈來愈強，魔王城也不斷地高速旋轉。

「呀、呀啊啊啊啊啊啊啊啊啊啊啊啊啊啊啊啊——！」

「他、他是怪物嗎？不只舉起城堡，甚至還拿起來甩！」

「快、快住手！你打算做什麼，住手——！」

唔，才這樣就不行了，真是丟臉。

儘管充分設置了反魔法，卻沒有警戒物理手段呢。

這時代的人們過得過於和平，鍛鍊身體的方式實在太不像樣了。在鑽研術式之前，要想使用強大的魔法，首先必須培養體力。

「喂，要好好著地啊，不然會死喔。」

我將帶著離心力的魔王城狠狠丟出。伴隨著吱嘎巨響，破風飛離的巨大魔王城墜落地面。

§ 14 【天壤之別的魔力】

「呀啊啊——！」

我所監聽的「意念通訊」傳來莎夏的慘叫。

唔，看來太過手下留情了，似乎比預期的還有餘裕呢，墜落地面的魔王城也只有半毀。

算了。雖說是還能戰鬥的損害，但對方會怎麼出招呢？

當我朝著魔王城慢步走出，便經由「意念通訊」聽到像是做好覺悟般的聲音。

「……我要使用『獄炎殲滅砲』了。」

喔，她說了有趣的事呢。

「可、可是……莎夏大人，『獄炎殲滅砲』即使受到魔王城加護，並集結魔導士隊的魔力，成功率依舊不足兩成啊！」

「況且要是失敗，現在這種狀況的魔王城一定會崩坍的！」

「眼下不是害怕的時候了！承認敵人的實力吧。哪怕是雜種、不適任者，阿諾斯仍是個能把城堡丟出去的怪物唷！你們認為尋常的魔法可以擊退他嗎？」

莎夏指出的事實，讓說著喪氣話的組員們陷入沉默。

她的領袖魅力果然相當優秀。儘管尚未成熟，但作為敵人還真是可惜呢。

「假如不發動炎屬性最上級魔法『獄炎殲滅砲』，是打不倒阿諾斯·波魯迪戈烏多的，對吧？」

組員們沒有回應。但經由「意念通訊」傳來的細微的魔力流動，將他們的決心傳達給我。

「對方只有一人，我們可是有二十人喔！要是輸了簡直丟人現眼。給我拚命去做，將你們這輩子最棒的魔法，以及身為皇族的榮耀展現給那個雜種看吧！」

她的激勵讓組員們齊聲吶喊：

「「「遵命！」」」

瞬間，魔王城升起魔力粒子——是立體魔法陣。看來他們打算將魔王城化為巨大魔法陣，藉此施展大魔法吧。

由七名築城主構築並維持難以發動的立體魔法陣，再由十名魔導士將所有的魔力注入其中，其餘兩名咒術師負責控制瞄準。

最為關鍵的大魔法術式則由莎夏·涅庫羅組成。不愧是破滅魔女，她具備稀世的才能。雖說借助了同伴的力量，但要展開如此大規模的魔法絕非簡單之事。

與用風險換取龐大力量的起源魔法不同，炎屬性最上級魔法「獄炎殲滅砲」純粹是招必須鑽研魔法技術才有辦法施展的魔法。

光憑莎夏一個人的魔力，無論如何都不可能施展。也就是說，他們是在學到「魔王軍」後，持續了約一個禮拜的修練，將這招練習到能在實戰中施展魔法的水準吧。

「做好覺悟了嗎？大家的力量與的心就交給我吧！」

「是。」

「我相信妳，莎夏大人。」

「請用上我所有的魔力……」

「贏得勝利吧……」

「用我們皇族的力量。」

二十人的意志與魔力集中在一點上。

這正是「魔王軍」的真正價值——活用各職階特性，讓發動的集團魔法補上各自的魔力，將效果提升至十倍以上。縱使面對強大的對手，想必也有辦法還以顏色吧。

空氣悄悄地緊繃起來。

下一刻，莎夏高聲喊道：

「上吧——！『獄炎殲滅砲』——！」

魔王城正面浮現一道有如砲門的魔法陣，將魔力集中起來。累積到極限的魔力彷彿要一口氣炸開般，化作漆黑的太陽，宛如彗星似的朝我飛來。

唔，雖說成功率只有兩成，沒想到能在這種緊要關頭施展出如此完美的「獄炎殲滅砲」呢。

「幹得漂亮。就獎賞你們吧。」

我舉起手朝向襲來的「獄炎殲滅砲」，前方浮現魔法陣，冒出小小的紅色火焰。

仔細想想，這還是我首次在這個時代使出像是攻擊魔法的攻擊魔法。

「去吧。」

我發出的小小火焰撞上「獄炎殲滅砲」。漆黑的太陽隨即破了個洞，並在轉眼間遭到火焰吞噬。

不過是一瞬間的事。巨大的「獄炎殲滅砲」就這樣燃燒殆盡了。

「……騙人的吧……『獄炎殲滅砲』被抵銷了……」

「莎、莎夏大人！不是抵銷！對方的『獄炎殲滅砲』還沒消失……！」

我發出的火焰就這樣撞上魔王城，然後彈開。

城堡被大火圍繞、燒塌，牆壁與天花板傾圮，伴隨嘎啦嘎拉的刺耳聲響，一眨眼就崩坍了。

在千鈞一髮之際靠著「飛行」魔法逃離城堡的莎夏與兩名魔導士，看似耗盡了魔力，搖搖晃晃地迫降在我眼前。

「……真沒想到你居然能獨自施展『獄炎殲滅砲』……」

唔，在神話時代，獨自施展「獄炎殲滅砲」是理所當然的事，但即使指明這點依舊無濟於事。

現在該說清楚的只有一件事。

「給我好好看清楚術式，我施展的可不是『獄炎殲滅砲』喔。」

「……咦……？」

莎夏驚訝地瞠圓雙眼。

「可是，應該沒有比『獄炎殲滅砲』還要上級的炎屬性魔法……」

魔導士接著說道：

「該不會是……起、起源魔法！若是皇族代代相傳、需要賭命施展的禁咒，確實就有辦法對抗『獄炎殲滅砲』！」

哎呀，完全沒搞清楚嘛。

「很遺憾，剛剛那招也不是起源魔法。」

莎夏等人直盯著我看。

「是『火炎』。」

「什麼……你說火……火炎……？」

依循威力排列，炎屬性魔法由強到弱的順序是「獄炎殲滅砲」、「灼熱炎黑」、「魔炎」、「大熱火炎」，然後是──「火炎」。

「……怎麼可能……你是用炎屬性最低階的魔法……把我們的……莎夏大人的『獄炎殲滅砲』燃燒殆盡，讓魔王城起火燃燒的嗎……？」

絕望的吶喊傳來。

「這、這不可能！怎麼可能會有這種事……！應該有什麼祕密……讓『火炎』進化的祕密……」

唔，這也沒什麼好隱瞞的，我就告訴他們吧。

「祕密在於魔力差距。就只是你們二十人的魔力跟我有著如此龐大的差距。」

魔導士露出晴天霹靂般的表情。

「你……說……什麼……？」

「這怎麼可能……」

「這不是什麼奇怪的事吧？因為魔力差距而讓『大熱火炎』能與『魔炎』對抗的情況，你們應該也曾看過。也就是說，一旦雙方的魔力差距懸殊，就會發生這種情況。」

當我這麼說並跨出一步後，魔導士們便嚇得抖了一下。

我毫不理會被絕望擊垮、徹底喪失戰意的他們，走到莎夏身旁。

「……天壤之別……該死的怪物……」

身後傳來這種低語。

「妳還記得約定嗎？」

我向莎夏如此表示。

「……………」

她緊咬下唇，臉上滿是屈辱的表情。

「為什麼不殺了我？」

就算妳這麼說，但這又不是戰爭，只是上課，不僅沒必要殺人，基本上要讓人復活也很麻煩耶。

然而即使這麼回應，事情也收不了尾。

「我很看好妳，殺掉太可惜了。」

我這麼說著，朝莎夏伸出手。

「加入我的麾下吧。」

莎夏想了一會後，戰戰兢兢地作勢握住我的手，並在那之前狠狠瞪來。

她以全力向我發動「破滅魔眼」。

「去死吧！」

「我拒絕。」

我正面回望莎夏的「破滅魔眼」。

「那就殺了我！」

「我拒絕。」

我伸向莎夏的手更加往前。

「真是頑固的傢伙。好啦，加入我的麾下吧。」

「……我絕對不會忘記這種屈辱。總有一天我會變強，到那時一定會殺了你……」

我忽然笑了。

「先跟妳說好，莎夏，我要是被殺就會死，早在兩千年前就死透嘍。」

莎夏露出目瞪口呆的神情。

接著，她像是放棄了什麼般說道：

「奇怪的雜種……」

她嘆了口氣。

「……好吧，反正我現在也敵不過你，再加上也無法違反『契約』呢。」

道出這種辯解後，莎夏將指尖輕放在我的手上。

「但你給我記好，這是契約，我可沒有連心都賣給你喔。」

「嗯，請多指教了。」

見我朝她這麼一笑，莎夏瞪圓雙眼。

「喂，我問你一件事。」

「什麼事？」

「你邀請我是為了那孩子？」

「是啊，米夏一副想和妳和睦相處的樣子。」

「這樣啊。哼——」

她不感興趣似的放開我的手。

「對了，還有一個理由。」

「什麼理由？」

「妳的魔眼很漂亮。」

隨後，莎夏滿臉通紅。

她像是逃避般轉過身去。

「先說好，這可是真的喔，我從未看過這麼漂亮的魔眼。」

就連在神話時代，也沒人擁有如此靜謐、純潔的魔眼。要是我的魔眼沒看走眼，她恐怕蘊藏著相當的魔法才能吧。

雖說現在仍非常不成熟就是了。

「有聽到嗎？」

當我朝別開頭的莎夏這麼問後，她再度轉過身來。

「……沒聽到啦，笨蛋……！」

或許是對我的稱讚感到害羞，她只是低聲嘟囔著。

§ 15 【涅庫羅姊妹】

今天的課程平安結束了。

有別於讓人昏昏欲睡的魔法概念與魔法技術解說，小組對抗測驗就好在能稍微運動一下。

不過，在德魯佐蓋多上學的這一個禮拜，無論是人類的襲擊、精靈的惡作劇，或是眾神的陰謀，都完全看不到徵兆。

一旦發生變故，我就必須守護迪魯海德。儘管姑且有在警戒，但這樣還真是令人掃興。畢竟就連變得如此弱小的魔族都能繁榮到今日了，大概輪不到我出面吧。

沒想到魔族的國度能過得這麼和平呢。和平雖然讓人無聊，倒也不是什麼壞事，只是我還沒什麼實感吧。

「話說回來——」

當我走出德魯佐蓋多魔王學院的大門，跟在後頭的莎夏就開始抱怨：

「為什麼我必須跟你們一起回家啊？」

米夏直眨著眼，微歪著頭。

「既然都在同一組，想加深彼此的情誼嘛。」

「我雖然加入你的魔下，但可沒說要當朋友喔。」

「妳要是討厭就回去吧。」

「這樣啊。那我回去了，再會。」

莎夏轉身朝著跟我們不同的方向離開。

「…………」

米夏直盯著她的背影。

雖然面無表情，但她恐怕很寂寞吧。

真拿她沒辦法。

「小組對抗測驗時，我突然出現在妳的城堡前對吧。」

莎夏突然停下腳步。

「要我讓妳瞧瞧當時用了什麼魔法嗎？」

她輕盈搖曳著雙馬尾，轉過身來。

「我要施展『契約』喔。」

她看起來果然很感興趣呢。

「妳高興就好。」

我在莎夏施展的「契約」魔法上簽字。

「好啦。」

接著，我朝她伸出手。

「幹嘛……？」

「不是說要讓妳瞧瞧了？既然如此，親身體驗比較快。」

「即使如此，為什麼我非得和你牽手不可啊？」

「妳剛剛不就乖乖牽了？」

聞言，莎夏面紅耳赤地反駁：

「那、那只是因為當時是那種情況吧。雜種就是這樣……」

她碎碎念著我不太懂的藉口。

「無論怎樣都好，但要是不牽手就沒辦法讓妳看喔。」

「…………」

她不甘願地牽起我的手。

「米夏。」

「嗯……」

我以另一隻手牽起米夏。

「米夏與莎夏也牽手吧。」

「啥？為什麼？」

表情千變萬化，還真是忙碌的傢伙啊。

「不想看的話我倒是無所謂，但妳不看也算是違反契約呢。」

莎夏老實地向米夏伸手。

「好，握吧。」

「…………」

米夏小心翼翼地牽起莎夏的手。

「要再握緊一點。」

「這樣嗎？」

莎夏緊握我的手。

米夏也確實牽起我的手，但跟莎夏只是手碰在一起的程度。

「真是的，再握緊一點啦，這樣豈不是沒辦法施展魔法了？」

莎夏緊握米夏的手。

「……嗯……」

米夏也回握她的手。

或許是心理作用吧，但我總覺得一直面無表情的她很高興似的微笑了。

正當我心想「太好了呢」，便見米夏以眼神向我道謝。

別在意，我回以笑容。

「喂，你們在眼神交流什麼啊？」

莎夏直瞪過來。

「怎麼？妳想加入嗎？」

我與莎夏目光相對，隨後，她突然臉紅起來。

「喔？莎夏因為『破滅魔眼』，不習慣與人目光相對呢。」

「什麼……才、才沒有……這回事呢……」

說到最後，她的聲音愈來愈小。

看來我猜對了。要是無法穩定控制「破滅魔眼」，這也在所難免。畢竟如果隨便與人四目相接，說不定會不小心把對方給殺了。

「夠了，趕快施展那個魔法啦。」

「知道了、知道了，別這麼吵。」

我施展「轉移」的魔法。視野染成純白一片，下一瞬間，眼前即是我家──鐵匠兼鑑定舖「太陽之風」。

「……果然是失傳的魔法『轉移』……將空間連結起來……不會錯的……」

莎夏喃喃自語，試圖從魔力的殘渣分析魔法。

但應該辦不到吧。

「這是我家。要順便進來嗎？」

「比起這點，剛剛的魔法是『轉移』吧？你這雜種是在哪裡學到這種失傳的魔法術式的？快告訴我！」

看來她非常感興趣呢，一個勁地逼問著我。

「想知道的話就來我家玩吧。」

「……為什麼我要去雜種家裡玩啊……」

「妳就別客氣了。」

莎夏朝我狠狠瞪來，眼睛還浮現了魔法陣。

「我才沒客氣呢！」

「喔，妳要回家嗎？那就明天見了。」

我背對莎夏，朝米夏說道：

「米夏要來吧？」

「嗯。」

「那就進來吧。今天我們來聊聊失傳的魔法。」

我故意這麼說，把手放在家門上。

「你、你給我等等！」

「嗯？」

我一回頭，莎夏便尷尬似的嘟囔起來：

「……我、我也……」

話說到這裡，她像是很難為情般的低垂著頭。

「怎麼啦？」

「……所以說，我、我也……能去嗎……？」

她那細若蚊鳴的詢問讓我忍不住笑了。

「當然。」

莎夏鬆了口氣。

「妳很想來玩呢。」

「才不是呢！我的目的是『轉移』，就只是這樣！請你不要瞎猜好嗎？」

雖然實際上是這樣，但既然她這麼生氣地反駁，或許意外地是真的想來玩呢。算了，就別戳破她吧，要是她賭氣不來，米夏會很失望的。

我一推開家門，便響起哐啷哐啷的聲音。

看店的媽媽注意到這裡，快步走來。

「小諾，你回來啦，今天的小組對抗測驗還好嗎？」

媽媽一臉緊張地問道。

「我贏嘍。」

聽到我這麼說，媽媽掛起燦爛的笑容，緊緊地抱住我。

「太厲害了，小諾！你是天才呢！才一個月大就贏過年紀大的朋友，真是太厲害了！今晚要吃大餐喔！」

她毫不節制地用臉磨蹭著我的臉，讓我不知該如何是好。

「好、好的……」

媽媽的氣勢還是一樣強勁。

「對了，我又帶客人回來了……」

「哎呀？又是小米嗎？討厭啦，小諾你們還真是恩愛呢。」

媽媽不停地用手肘撞著我的側腹。

隨後，她朝著在我身後的米夏說道：

「歡迎來玩啊，小米……咦？」

出乎意料地有兩個人，似乎讓媽媽的頭上浮現問號。

「初次見面，伯母，我是莎夏．涅庫羅，今後請多多指教。」

莎夏捻起裙襬，優雅地行禮。

唔，還真有禮貌呢，媽媽明明也是莎夏口中的雜種。也就是說，只要不是魔王學院的學生，就沒有理由歧視嗎？

「……叫我婆婆……怎麼會……？」

媽媽好像受到了什麼衝擊。

「小、小諾他……小諾他……」

只見她臉色發白地大叫：

「小諾帶第二位新娘子回家啦啦啦啦啦啦啦啦啦啦啦啦啦——！」

媽媽太過錯亂的表現讓莎夏也傻眼。

「那個……這是怎麼回事？」

「那個、那個……小莎，妳要冷靜聽我說喔？」

媽媽緊抓住莎夏的雙肩，以迫切的表情述說著。

「沒問題，我很冷靜。」

莎夏露出一副媽媽才應該冷靜下來的模樣。

媽媽朝著這樣的她勸說似的說道：

「小諾才一個月大，所以什麼都不知道，不是故意這麼做的。但他已經有小米當新娘子嘍。」

莎夏看似動搖了一下，但也只有片刻。她隨即說道：

「哼——這樣啊？但這跟我沒關係喔。」

很冷靜的回應呢。

這樣一來，即使是媽媽也會冷靜下來吧。

「沒關係……沒關係……也就是當情婦也沒關係嘍——！小諾啊、小諾啊，你為什麼會這麼受歡迎啊——？」

不愧是媽媽，真是公認的語不驚人死不休。

「請稍等一下，這是不可能的事吧？」

「咦咦咦咦咦咦？那是想橫刀奪愛嘍——！」

「…………」

莎夏一臉困擾地看著我。

因為很有趣，我就稍微觀望情況吧。

「所以說……那個……妳知道米夏的姓氏嗎？」

「是涅庫羅吧？」

「我叫做莎夏．涅庫羅。」

「啊，那麼……」

媽媽嚇了一跳。

「沒錯，我們是姊妹，只是剛好認識——」

「居然是姊妹一起爭奪小諾啊啊啊啊啊——！該怎麼辦？該怎麼辦——！小諾長得太帥了，讓感情良好的姊妹反目成仇啦——！」

房門在這時被啪嗒推開，又來了個麻煩的男人。

是我的父親。

「阿諾斯，別看爸爸這樣，以前也是玩得很瘋的人喔，還會使用劍術呢，哈哈哈！」

嗯，爸爸也打從一開始就毫不節制呢。他究竟為什麼要突然說起往事啊？

「所以我十分明白你的心情。男孩子多少都會玩得瘋一點，爸爸也自認為能理解大半的事情。可是啊——」

爸爸一臉認真地說道：

「居然腳踏兩條船，也太讓人羨慕了！」

唔，父親啊，你的心聲全說出來嘍。

莎夏傻眼似的看著我們親子，嘆了口氣。

「喂，阿諾斯，你給我負起責任。」

「結婚就好了嗎？」

莎夏滿臉通紅。

「這、這怎麼可能啊？你是笨蛋嗎？」

真是吵鬧的傢伙呢。

「喂，米夏，妳也說點什麼啊。」

米夏想了想，隨即說道：

「……莎夏喜歡阿諾斯……？」

「妳是笨蛋嗎！」

唔，雖然嘴巴上說著什麼破爛人偶，但她們的感情看起來還挺不錯的呢。

§ 16 【最初也是最後的——】

為了慶祝小組對抗測驗勝利，媽媽特別賣力地煮了頓豪華大餐。

平時的餐桌多了兩個人後變得相當熱鬧，感覺不賴，不過吵鬧的主要是我的雙親就是了。

莎夏儘管說著「輸了卻要參加慶功宴，簡直莫名其妙。」發著牢騷，不過一將媽媽的料理放入口中便立刻安靜下來了。

果然就連在這個時代，媽媽的料理似乎依舊稱得上相當美味。

「然後呢？小諾用什麼話邀請小莎加入小組？」

到頭來還是難以解開媽媽的誤會，莎夏就跟米夏當時一樣被連番追問。

「很普通呢。『加入我的麾下吧』，就這樣。」

「討厭啦啦啦啦啦啦——！加入麾下？居然說加入麾下，這算什麼、這算什麼？展現這種笨拙男人的一面，少女一下子就會淪陷啦——！」

聽著媽媽的尖叫聲，莎夏露出束手無策的表情。

「理由呢？小諾邀請小莎的理由是什麼？」

「……沒有，只是剛好能成為戰力吧。」

「啊，什麼？剛剛的停頓很可疑喔——小米，妳知道嗎？」

米夏將嘴裡的蔬菜沙拉吞下去後，淡然說道：

「……妳的魔眼很漂亮……？」

「聽、聽到這種甜言蜜語，絕對會迷上你呀啊啊啊啊啊啊啊啊——！討厭啦，小諾是天生的花花公子，跟笨拙一面的反差太厲害了。你這小子、你這小子～～」

這麼說來，米夏也透過「意念通訊」聽到啦？畢竟是在施展「魔王軍」時的標準做法呢，我不知不覺就自然地施展了。

「夠了，米夏，能請妳不要多嘴嗎？」

「不行嗎？」

遭到反問後，莎夏嚇了一跳似的別開臉。

「並沒有。」

唔，儘管她一臉在吵架時不小心和對方說話的表情，但媽媽完全誤會了兩人之間的這種情況，在一旁提心吊膽地觀望著。

至於爸爸則若無其事地朝我投來視線，露出達觀的表情頻頻點頭，就像在說：「我已經沒有東西能教導你了。」

真受不了他。米夏那時候我也是想等他們冷靜下來後再解釋，然而只要企圖說明米夏並不是我的新娘子，媽媽就會哭著大喊「分手了」之類的話，非常難搞。有機會再解釋吧。

反正被誤會又不會死。

如此這般，熱鬧的用餐時間轉眼即逝，我得送莎夏她們回家才行。

與工作室裡的爸爸聊了一下後，我返回店裡，只見準備回家的莎夏與米夏並肩站著。

「…………」

「…………」

兩人都不發一語。我知道米夏本來就不多話，但莎夏明明不是靜得下來的人，不發一語總覺得不太對勁。

因為她嘴上說著什麼破爛人偶，我最初還以為她們感情不好，然而莎夏不時展現出來的態度讓人覺得情況未必如此。

畢竟也有傑貝斯與里歐魯格的例子在前，對我來說這真是難以理解，不過說不定是有什麼內情吧。

我想再試著稍等一下，從暗處觀望著兩人。

沉默持續了十幾分鐘。但途中莎夏像是按捺不住一般，小聲嘟囔起來：

「很慢耶。」

「……嗯……」

沉默又持續了一會。

「喂。」

「嗯。」

「……妳今天難得說話了呢。」

「嗯。」

「米夏喜歡那傢伙嗎？」

「……那傢伙……？」

「就是指……阿諾斯啦。」

米夏想了一會。

「……喜歡……」

「哼、哼——他哪裡好啊？」

「他很溫柔。」

「哪裡溫柔了？明明在小組對抗測驗裡跟惡魔沒兩樣。」

我已經做得非常溫柔了耶。

「……對敵人很嚴厲……」

「這樣啊，是個標準不一的傢伙呢。」

兩人又沉默了一會。

「……莎夏呢……？」

「什麼？」

「妳喜歡阿諾斯？」

「啥？不可能好嗎，想都別想。」

面紅耳赤的莎夏傾全力否定。

「……這樣啊……」

「就是這樣。」

米夏直盯著莎夏的眼睛。

或許是激動起來了吧，只見她的眼睛浮現「破滅魔眼」。

「不過……」

莎夏喃喃低語：

「……能直視我的眼睛的也只有阿諾斯了……」

她自言自語似的說道。

「……嗯……」

「他腦子根本有問題，居然說我的魔眼很漂亮，這可是會將映入眼中的東西擅自破壞掉的詛咒魔眼喔。但是——」

停頓了一會，莎夏繼續說道：

「我還是第一次遇到有著相同魔眼的人呢。」

她淺淺地微笑。

「就只是這樣。」

「……我知道了……」

莎夏直盯著米夏。

米夏也沒有別開視線。

「話說回來，米夏也一樣呢。」

「一樣……？」

「能直視我的魔眼。」

米夏點點頭。

她的魔眼也很強，足以抵抗莎夏的「破滅魔眼」。

「妳記得嗎？小時候的我還沒辦法控制這雙魔眼，為了不讓我破壞東西，我被關在魔法監牢裡。」

「……我記得……」

莎夏低垂著頭，彷彿回憶起往事般說道：

「沒人願意走進我的視野裡，只有米夏肯陪在我身旁。」

「一起練習。」

莎夏懷念似的笑了起來。

「是呢。多虧有妳，我只要不與人目光相交，就不會不小心傷害到誰了呢。」

「是莎夏很努力。」

莎夏不發一語，僅僅點頭回應。

「喂，剛剛那個讓人很懷念呢。」

「……手……？」

「對。」

「我也是。」

莎夏小心翼翼地說：

「能再做一次嗎？」

「嗯。」

兩人牽起手。

「以前總是像這樣呢。我沒辦法離開監牢而哭泣時，米夏就會牽起我的手，對著我笑。」

米夏點點頭。

「真不知道誰才是姊姊呢。」

「莎夏是姊姊。」

聽到她這麼說，莎夏苦笑起來。

「米夏，我只說一次喔。」

米夏點點頭。

「……對不起……妳能原諒我嗎……？」

米夏忙不迭地搖頭。

「我沒有生氣。」

莎夏驚訝地瞠圓雙眼。

「這樣啊。」

「……嗯……」

兩人對望著，緊握住彼此的手。

唔，儘管我完全搞不懂究竟發生過什麼事，但看來她們言歸於好了。倒不如說，我很困惑她們為什麼會吵架。

畢竟正處於血氣方剛的年紀，多少也會因為無聊的理由起爭執吧。

我向兩人搭話。

「抱歉，讓妳們久等了，我送妳們回去吧。」

「不用，我自己走回去。」

莎夏看向米夏，她也點頭贊同。

「特地花時間用走的嗎？妳們還真是怪胎呢。」

「沒什麼不好吧。那麼，再會了。」

兩人牽著手離開家裡，就這樣不發一語地並肩走著。

「喂，你跟來幹嘛？」

「我說過要送妳們回家吧？一言既出，駟馬難追。」

「那是在說『轉移』吧？我們要用走的喔？」

「偶爾浪費時間也是一種樂趣。」

「哼──」

莎夏望來的視線像是在說「你真是個怪人」，但我沒怎麼放在心上。

不過我到頭來還是沒有對「轉移」進行任何的說明，雖然莎夏好像也完全忘了這件事。」

大概是媽媽的衝擊性太強了吧。

「話說回來，你知道嗎？」

「當然。」

我一這麼回，便被「破滅魔眼」賞了個白眼。

還真是個危險的傢伙呢。假如不是我，最好的下場也是喪失意識喔。

「我說啊，我什麼都還沒說喔。」

「這世上不可能有我不知道的事。」

「這樣啊。那我想你也知道今年是魔王的轉生之年吧，所以明天大魔法訓練的講師據說是七魔皇老的艾維斯·涅庫羅。」

「唔，是嗎？這我就不知道了。」

「既然如此就直接說你不知道啊！」

「別這麼激動嘛，我只是開個玩笑。」

不過，七魔皇老啊……是讓我在意的詞彙之一。

「莎夏，那個七魔皇老是什麼？」

「真讓人傻眼。你敢說自己沒有不知道的事，卻連七魔皇老都不知道？不愧是不適任者。」

「所以說，那到底是什麼？」

「兩千年前，魔王始祖以自己的血創造了七名部下，也就是最初繼承始祖之血的魔王族。」

「這我就知道了。」

畢竟是我親手做的事嘛。

「那你就跟知道沒兩樣了啊，那七名部下就叫做七魔皇老。」

「什麼……？」

原來他們就是七魔皇老嗎？這麼說來，我雖然創造了他們，卻沒幫他們取名字呢。當時都在忙著處理牆壁與轉生等問題，就連取名的餘裕都沒有。

「七魔皇老要開始在德魯佐蓋多魔王學院培育次世代魔皇了，據說這似乎也是為了不知何時會轉生的始祖所做的準備呢。」

「原來如此。」

既然如此，只要見到七魔皇老，應該就能輕易證明我是始祖。

但感覺不太對勁。他們好歹也是出生於神話時代的魔族，相較之下，德魯佐蓋多魔王學院的經營卻太過隨便了。

重點是，他們應該認識我才對。既然如此，我為什麼會成為不適任者？

我原以為這是魔族陷入血統主義、變得無能的關係，不過看樣子當中似乎隱含其他內情。

我心不在焉地想著這些事，走在米夏她們身旁。

不久後——

「……阿諾斯……阿諾斯……？」

回過神時，莎夏正叫著我。

「怎麼了嗎？」

「什麼怎麼了？我們家已經到嘍。」

眼前有扇門，後方能看到一棟富麗堂皇的豪宅。

「提到七魔皇老的事情後，你就一直不說話，怎麼了嗎？」

「不，沒事。」

「這樣啊。那麼，謝謝你特地送我們一程。再會。」

莎夏轉身離去。

「再見。」

「明天見。」

「嗯。」

米夏也朝門後的豪宅離去。

即使打算思考有關不適任者的事，然而情報實在太少。儘管我能想到許多可能性，卻全是推論。

只要明天見到七魔皇老之一，就能知道一點情報了吧。倒也不是特別著急的事，總之慢慢等吧。

回家吧。

我才這麼想，就見莎夏從門對面回來了。

「怎麼了嗎？」

「……沒事……」

既然沒事，為什麼要回來？

「……阿諾斯……」

「嗯？」

「那個……」

莎夏別開臉，害羞似的紅著臉說道：

「……謝謝……」

「謝我什麼？」

「……就是……多虧了你，讓我能和米夏和好……」

原來莎夏也想和好嗎？

畢竟她看起來就像是會賭氣的哪種人嘛。

「沒什麼大不了的。」

「才沒這回事。要我加入麾下這種不要命的話，根本沒人敢說出口。」

不知為何，莎夏開心地笑了。

「除了你之外呢。」

唔，畢竟對我來說，這並不是什麼需要賭命的事。

「話說回來，妳們為什麼會吵架？」

莎夏的臉色黯淡下來。

「是很無聊的小事唷，真的很無聊……但有些事情無論如何都不能退讓，就只是這樣。」

「那件事解決了嗎？」

「……嗯……算是吧……」

莎夏回答得相當含糊。

「有件事我想問你。」

「什麼事？」

「要是命運早就決定好了，你會怎麼做？」

我立刻回答：

「要是不喜歡就去改變，怎樣都好的話便不予理會。」

莎夏愣了一下後，接著問道：

「你認為命運可以改變嗎？」

「嗯，很簡單喔。」

「要怎麼做？」

「破壞就好。」

莎夏瞪圓雙眼，隨即呵呵地露出微笑。

「喂，你稍微過來一下。」

「我拒絕。」

「……幹、幹嘛拒絕啦。夠了，給我過來。」

「我不喜歡被人命令。」

「你還真是任性呢。」

莎夏傻眼似的嘆了口氣。

「能請你過來一下嗎？」

「好。」

我靠到莎夏身旁。

「再近一點。」

「妳想做——」

向前踏出一步後，莎夏吻上我的唇。

我條件反射地施展「意念通訊」，打算讀取她的心，畢竟有以接吻為條件發動的詛咒。

莎夏的心聲流了進來。

——這是最初也是最後的吻——

沒有敵意嗎？但能感受到她悲壯的決心。

算了，那就這樣吧。

不知維持了多久後，她倏地離開我。

「……這、這是朋友之間的吻，只是謝禮喔……」

莎夏害羞似的紅著臉，低下頭。

「……但只跟你做過就是了……」

儘管不清楚她在想什麼，然而也不能讓她丟臉。

「唔，那我就收下這貴重的事物了，謝謝。」

莎夏訝異地直眨著眼，喃喃唸了句：「奇怪的雜種。」

「那就明天見了。」

「好。」

我揮揮手，施展「轉移」魔法。

在風景染成純白之前——

「……喂，阿諾斯……能遇見你真是太好了……」

耳邊響起了這句話。

§ 17 【大魔法訓練】

到了隔天——

當我一來到德魯佐蓋多魔王學院的第二訓練場，便見到座位右方有一張與往常不同的臉。

「早安。」

莎夏一臉理所當然地打著招呼。

「妳的座位是這裡嗎？」

「我跟人交換了，組員們坐在一起會比較輕鬆吧。」

確實能省下移動位置的工夫呢。

我坐到座位上，朝左方的米夏打招呼。

「早。」

「早安。」

米夏一如往常淡然回應。

「話說回來，你把我之前的組員們怎麼了？」

「什麼怎麼了？」

「當我加入你的小組後，應該有人會想跟著一起加入吧。」

確實有幾個人跑來向我搭話。

「我拒絕了。」

「啥？為什麼啊！小組對抗測驗明明人數愈多愈有利喔？」

就算問我為什麼……

「我沒那種心情。」

莎夏目瞪口呆。

「倒也沒什麼好困擾的吧？只需要我跟妳們兩個人就能贏了。」

更進一步而言，只要有我就能贏了。

「小組對抗測驗或許這樣就夠了，但班級對抗測驗要五人以上，學級對抗測驗則需七人以上，否則不能參加喔。」

原來如此，有這種規定啊。就算是我，不能參加的話也贏不了呢。

「這我就不知道了。」

「你打算怎麼解決？」

「反正還有時間，我會在那之前想好辦法的。」

「還真悠哉呢。」

莎夏傻眼地說道。

此時剛好響起上課鐘聲，艾米莉亞開門走了進來。

她的身後跟著一名穿著法袍與大衣、頭上還戴著帽子的男人。說是男人有點語病，因為他的外表其實是具骸骨。

我記得自己的確將七名部下的其中一人創造成不死者(Undead)，自稱艾維斯・涅庫羅的人也就是他吧。

既然被稱為七魔皇老，想必在這時代有著相當大的權力與地位，平時吵吵鬧鬧的學生們也在艾維斯出現後立刻安靜下來。

不，是因為他所散發的魔力吧。學生們應該是在接觸到這股過於強大的魔力後，不由自主地感到恐懼了。

我的魔力雖然也能引發相同情況，但這個時代的魔族實在太弱了。

要是接觸到我的魔力，別說感到恐懼，甚至會讓魔眼等魔力感覺麻痺，反倒一點魔力也感受不到。

畢竟要是感受到我的魔力，反魔法較弱者光是這樣就足以斃命，這正是所謂生物的防衛本能吧。

「一如之前所言，今天要進行的是大魔法訓練，將由七魔皇老的艾維斯・涅庫羅大人為各位進行往後再也聽不到、深入魔法深淵的課程內容，請各位同學用心聽講。特別是——」

艾米莉亞直看著我的方向。

「阿諾斯．波魯迪戈烏多同學，請你千萬別失禮了。」

居然特意警告我啊。

她該不會認為我是個不知禮節的傢伙吧。

「不用妳說，這種事我也知道。」

「那就好……」

哎呀哎呀，她是在擔心什麼啊。

對了，總之先順便打聲招呼吧。

我霍地起身。

「呦，艾維斯，好久不見。」

「…………！」

艾米莉亞彷彿下巴掉下來般的張大嘴巴，露骨地嚇了一大跳。

「阿、阿……阿——……阿諾斯．波魯迪戈烏多同學！你、你怎麼能對艾維斯大人

……用這種隨便的口氣說話？」

學生們竊竊私語的聲音傳來。

「……完了……這下完了，那傢伙這次真的死定了……」

「是呀，敢這樣對七魔皇老，實在做得太過頭了……」

「倒不如說艾維斯大人生氣的話，連我們也會遭殃吧……」

「拜託饒了我吧，不適任者……」

我不理會這些雜音，朝艾維斯啟動魔眼。

確實能感受到熟悉的魔力，看來他毫無疑問是從我的血中創造出來的部下之一……但不完全是就是了。

「啊，艾維斯大人，真、真的是非常抱歉！我這就立刻讓阿諾斯．波魯迪戈烏多退學……！」

「沒關係。」

艾維斯大方地說道。他的胸前掛著令人毛骨悚然的嘴巴造型飾品，聲音是從那裡發出的。

「你說好久不見啊。」

艾維斯朝我看來。在這瞬間，學生們儘管張開了反魔法，卻仍一齊乒乒乓乓地躲到桌下避難。

到底在怕什麼啊？

「是啊，兩千年不見了，你不記得我了嗎？」

「兩千年……原來如此，難怪呢。」

看似理解般，艾維斯點了點頭。

「很遺憾，我失去了兩千年前的記憶，只記得一件事——吾主暴虐魔王。」

「既然如此，你就應該記得我吧？」

「……你是跟始祖有關的人嗎？」

喔，原來如此。

他還記得暴虐魔王，卻不知道我是誰。

也就是說，他相信暴虐魔王是我以外的某人嗎？

這或許跟他喪失記憶有關，但果然不太對勁。魔王學院的頂點是七魔皇老，縱使艾維斯真的喪失了記憶，但只要不是七人全都喪失記憶，就不可能會發生這種事。這實在不可能是偶然。

難道是被某人竄改記憶嗎？

還是在假裝自己不記得了？

「你的魔力確實讓我感到懷念。」

「是嗎？」

「是呀，我們曾是知己這件事是不會錯的吧。」

無論如何，光憑對話是不會明白的。

「找我有什麼事嗎？」

「沒什麼，還不到有事的程度，只是想說既然忘了，我就讓你回想起來吧。」

在學生們與艾米莉亞、莎夏和米夏擔心的觀望下，我筆直走到艾維斯身旁。

然後緩緩抓住那張骷髏的臉。

教室內瞬間陷入恐慌。

「等、等、等等，阿諾斯同學！」

「死定了！那傢伙死定了！」

在後方學生們大呼小叫的吵鬧聲中，我在手掌上畫起魔法陣。

「回想起自己的主人來吧。吾名為阿諾斯·波魯迪戈烏多。」

發動的魔法是「追憶（ebui）」，無論再遙遠的過去記憶，都能讓人回想起來。

然而卻毫無反應。

「……沒用的。我的腦中並未留下記憶，不是想不起來，而是消失。縱使是『追憶』也找不回完全喪失的記憶。」

「那麼這樣如何？」

我展開多重魔法陣，施展起源魔法「時間操作（rebaido）」，與「追憶」合併使用。

「……這是……你在做什麼……？我腦中的記憶……影像流了進來……」

「要是記憶從你腦中完全消失，就用『時間操作』局部性地回溯時間，再用『追憶』找回你在兩千年前的記憶。」

「……怎麼可能……！回溯時間……？你是說這世上有著連時間都能超越的大魔法嗎……！」

「這是起源魔法的一種，非常難以運用呢。」

我將艾維斯在兩千年前的記憶與魔王阿諾斯作為起源，再藉由追溯起源實現逆轉時間的「時間操作」。

艾維斯的腦中，目前想必正有如走馬燈般流過兩千年前的體驗。

「……我確實回溯了兩千年的記憶……」

然而卻沒有。

就連在兩千年前，艾維斯的腦中也沒有魔王阿諾斯．波魯迪戈烏多的記憶。

當然，透過「追憶」找回的記憶只會流入艾維斯腦中，我頂多能讀取到表層。

縱使如此，也該知道名字才對。但無論我怎麼翻找，他的記憶中都沒有我的名字。

取而代之不斷出現在記憶裡的，只有暴虐魔王阿伯斯．迪魯黑比亞這個存在。

「為什麼無法恢復記憶？」

「因為你的記憶被人回溯到兩千年前徹底消除了，不知道是什麼時候做的。」

簡單來說就是過去被竄改。艾維斯的腦中，打從一開始便被消除了魔王阿諾斯的記憶。

經由某人的魔法。

哎呀哎呀，這狀況還真是棘手。不管怎麼用「時間操作」回溯記憶，都無法回到過去被竄改之前，因為被竄改前的過去本身已經消失，艾維斯的記憶也被時間的空白所吞沒。

「原來如此。但我要感謝你，你是叫阿諾斯吧？光是知道這點就算是收穫了，這證明了有人在與我敵對呢。」

他是認真地這麼說的嗎？抑或是在裝傻？

也有可能是他自己竄改了過去，為了不讓我察覺到。

「沒什麼，你別放在心上。與其聊這些，倒不如開始上課吧。」

我一回到座位上，學生們便開始竊竊私語。

「這、這是怎麼回事……？」

「我也不清楚，還以為死定了，所以完全沒聽他們說話，只知道他突然一把抓住七魔皇老的臉。雖然不知道他做了什麼，但好像被道謝了耶……！」

「為什麼被他抓臉還要跟他道謝啊……！」

「想被人抓臉之類的……？」

「你在說什麼啦……！」

「或者該說，七魔皇老居然會向他道謝，他到底有多厲害啊……？」

「那傢伙……真的是不適任者嗎……？」

「……太厲害了……！雖然完全搞不懂，但實在太厲害了，厲害到我不知道該怎麼說……！」

我拉開椅子坐下。隔壁的米夏說道：

「還好你沒事……」

反方向的莎夏則說道：

「真不敢相信你會這麼做。」

唔，還是一樣為了這種無聊小事吵得要死呢。

不過……阿伯斯·迪魯黑比亞啊。

還以為是在流傳時搞錯了我的名字，但總覺得事情的發展不太對勁。

無論是七魔皇老、魔王學院，或是我成為不適任者的事。

說不定這全是遭人設計好的。

儘管尚且無法斷言，但或許真的有這個人呢。

阿伯斯・迪魯黑比亞——意圖取代我的某人。

§18 【涅庫羅的祕術】

未受到方才的騷動影響，艾維斯發出低沉的嗓音：

「今天要傳授的是我涅庫羅家的祕術——融合魔法。」

艾維斯在黑板上畫著融合魔法的基礎魔法術式。

看來似乎是將月光作為魔法陣運用的自然魔法陣，所使用的魔法門與魔法文字也很接近神話時代，是相當大規模的術式。

雖然學生們就連要抄寫似乎都很勉強，對我來說卻是小事一樁。

不過，這可是神話時代的魔族長年研究的魔法，就這層意思來說讓我相當感興趣。

要是平時上課也有這種水準，我也不會無聊到想睡了。

「喂，阿諾斯，你不抄筆記，或用記錄水晶儲存下來行嗎？」

隔壁桌的莎夏這樣問我。

「有記錄喔，就儲存在這裡。」

我伸出食指敲著額角。

「……騙人的吧……？這麼複雜的魔法術式，怎麼可能光用看的就記下來……」

莎夏半驚半疑地嘟囔著。

「妳才是，看樣子也沒做任何紀錄吧？」

「這可是涅庫羅家的祕術。我是直系子孫，老早就精通這種基礎了。」

這麼說來也是呢。

「妳是直系子孫，也就是說跟艾維斯很親了？」

「怎麼可能？七魔皇老可是高高在上的存在喔。就算身為直系子孫，我也是第十六代，輩分算是最小的，跟艾維斯大人說話的機會……只有一次。」

畢竟魔族的壽命很長嘛，莎夏以外的直系子孫想必也還活著吧。

「——一如剛才的說明，融合魔法的優點是魔力與魔力的融合，藉由與波長不同的另一種魔力結合，將產生強大的魔力反應，使原本的魔力提升十幾倍。這就是初級的融合魔法『混合同化（jie.gumu）』。」

艾維斯講解的過程中，莎夏朝我說起悄悄話：

「喂，你真的記住了嗎？不是隨便唬我的吧？」

「妳疑心病還真重呢。」

「因為這個術式我可是花上一個月才理解耶。」

「妳這麼說就奇怪了，妳的一個月換算成我的一秒明明剛好吧。」

莎夏生氣地瞪著我，看來是對我理解得比較快的說詞感到不服氣的樣子呢。只見她的眼睛浮現「破滅魔眼」。

「不然就讓妳看看證據吧。」

「你有辦法嗎？」

此時，艾維斯的說明正好到一個段落。

「有人有問題嗎？」

教室內瀰漫著不敢吭聲的氛圍。應該是因為惶恐不安，導致沒人敢舉手發問吧。

「我能問一件事嗎？」

像是要打破這緊張的氣氛般，我霍地舉手發問。

「嗯，請問。」

我一起身，耳邊就傳來學生們的竊竊私語。

「那傢伙……這次又想說什麼啦……？」

「倒不如說，真虧他敢向七魔皇老舉手發問呢……」

「簡直不敢相信，他的心臟究竟有多大顆啊……」

「要是說錯話，很可能會被殺掉耶……」

哎呀，這個時代的魔族還真是膽小怕事呢，真不像我的子孫。

「那個『混合同化』的魔法陣，或者該說是融合魔法的基礎魔法術式，在結構上有著致命性的缺陷喔。」

教室內陷入一片鴉雀無聲。

唔，看來我的這句話好像讓教室內的空氣僵住了。

「那、那那、那傢伙……沒救了……這次真的死定了！這跟艾米莉亞老師那時候不同啊……！」

「說涅庫羅的祕術有缺陷，也就等於指摘七魔皇老的失誤吧？這可不只是找死的程度……」

「基本上，七魔皇老開發的術式結構怎麼可能會有缺陷……」

有別於議論紛紛的學生們，艾維斯冷靜說道：

「你說的缺陷是？」

「這個基礎魔法術式能融合魔力，藉由魔法反應將魔力提升十幾倍。但從術式結構來看，魔力的融合無法維持太久。」

緊縮起身體的學生們展開魔法屏障與反魔法。

看上去就像艾維斯即將以攻擊魔法殲滅這間教室。

「第一次看到就能發現這點，真了不起。」

教室內頓時充滿了預期落空的氛圍。

「了、了不起是什麼意思啊……！」

「不就是很厲害的意思嗎……？」

「那第一次見到是……！」

「冷靜點，你這樣就連一般的話語都聽不懂嘍……！」

艾維斯在黑板補寫上能融合的時間。

「融合魔法確實有著持續時間非常短暫的缺陷。由於這是基礎魔法術式的結構性問題，即使到了上級魔法，依舊無法消除這個缺陷。」

我更進一步指出：

「一般使用者的融合時間約為三到五秒。組成如此盛大的術式卻只有這種成果，很難說是值得學習的魔法。」

艾維斯大方地點了點頭。

「融合魔法具有優勢的場面確實有限。大多數情況下，用其他魔法替代會比較好吧。但只要更加窺看深淵，這樣的魔法或許便能脫胎換骨。」

唔，真不愧是藉由我的血創造而出的部下。就算無法完成術式，他的魔眼似乎仍確實看到了終點。

「我有同感。窺看深淵之後，我已經明白融合魔法真正的基礎術式了。」

即使是艾維斯，聽到這句台詞也驚訝得撼動魔力。

教室裡的筆記本全都啪嗒啪嗒地翻著，響起筆掉落地面的聲音。

「……啊、啊啊啊！完蛋啦——死定了，這下死定啦——……！」

「……不、不要啊……我不想死……！為什麼我會和不適任者同班啊……！」

宛如做好死亡覺悟般，學生們直打著冷顫。

「你說你能改良這個術式結構？」

低沉的嗓音夾雜著些許驚訝。

「這很簡單。」

「……這可是我耗費千年以上的歲月完成的魔法術式喔……」

「你就看著吧。」

我站起身。

「……喂……融合魔法可是涅庫羅家的祕術唷……儘管你或許曾看過『魔王軍』的魔法……」

莎夏制止我似的說道。

「只是上課而已，妳幹嘛這麼擔心？」

「……我、我才……我才沒在擔心你呢……」

她隨即別開臉。

「妳好好看著吧。」

我走到黑板前，發出魔力，倏地改寫魔法術式。

「如何？」

看到術式的艾維斯瞬間倒抽一口氣。

隔了幾秒，他的身體微微顫抖起來。

儘管黑板上描繪的魔法術式實際加入了魔力，欲理解結構需要相當的魔眼（眼光）與頭腦，但術式是否成立這點一目了然。

「……這是……我的天啊……？融合時間延長數百倍……原來如此，這是加上起源魔法的術式嗎……但究竟該怎麼將起源魔法的術式加進其他術式裡……？」

我若無其事地朝拚命想解讀魔法術式的艾維斯說道：

「很簡單。我只是應用了融合魔法的術式，讓魔法術式互相融合。」

「什麼……？」

艾維斯啞口無言，看來他似乎沒想過能這麼做呢。

不過，注意到儘管大家都知道，卻任誰都沒能發現的事。

一旦聽了解釋、實際觀摩過一遍，便會驚訝於它居然如此簡單。

——所謂的魔法研究正是這麼一回事。

「……真是驚人的想法。你是……阿諾斯．波魯迪戈烏多吧？萬萬沒想到居然會有人比我先一步研究了融合魔法。」

「啊，原來如此。」

看來似乎讓他稍微產生了誤會。

「不，艾維斯。這是你的成果。」

「什麼……？」

「我今天是第一次看到融合魔法的術式，如果沒有你的研究，這個魔法術式便無法完成，我只是推了最後一把。」

艾維斯驚訝地說道：

「什麼……？你才第一次看到，就能如此完美地理解融合魔法的術式，並在這短時間內完成……？」

「遲早會完成的事算不上什麼。只要再過千年，你應該也會注意到。」

由於證明完畢，我回到位置上。

「……為什麼像你這樣的怪物會來上學？這裡可沒東西能教導你喔，阿諾斯・波魯迪戈烏多……」

身後傳來了艾維斯恐懼的喃喃低語。

隨後，教室再度議論紛紛起來。

「這、這是什麼狀況……？」

「我還活著……！」

「我知道你還活著啦……！」

「完、完全無法理解。但阿諾斯好像完成了融合魔法的魔法術式耶……！」

「……那傢伙是怎樣啦……他不是不適任者嗎……？」

「不適任者是天才的意思嗎……？」

「你驚訝過頭啦，就連一般的話語都搞不懂嘍……！」

一拉開座位的椅子坐下，我便朝目瞪口呆地望著我的莎夏說道：

「如妳所見，我確實理解了。」

「……我已經不知道該怎麼說才好了……」

§ 19 【地城測驗】

大魔法訓練結束後的午休時間。

我在走廊上與艾維斯對話。

「——意思是說，你就是吾主暴虐魔王嗎？」

「沒錯，暴虐魔王名叫阿諾斯・波魯迪戈烏多，卻遭到某人改寫成阿伯斯・迪魯黑比亞。」

艾維斯並未不由分說地否定，而是詢問：

「某人是誰？」

「我還不清楚，但恐怕就是消除你記憶的人吧。」

「原來如此。」

他像在思考似的將手放在嘴邊。

「我的記憶遭人消除——這個說明確實能讓人接受。但阿諾斯，消除我記憶的人難道不是你嗎？」

艾維斯以夾帶殺氣的魔眼觀察著我。

「很遺憾，我無法證明不是我做的。」

「你很有能力。但要是這份能力足以危害到暴虐魔王，我便無法對你置之不理。」

艾維斯不是笨蛋。以喪失記憶者的立場來看，根本無從分辨我是不是本人吧。既然如此，懷疑我可能是敵人也是理所當然的。畢竟在他所知的範圍內，能施展「時間操作」魔法的人只有我。

我正是有辦法回溯到兩千年前，使他打從最初便失去記憶的可能人選之一。消除他的記憶，試圖取代成為暴虐魔王者，難道不是裝成夥伴接近的我嗎？他會這麼想也沒什麼好奇怪的。

「不過，目前我就先維持中立吧。你給我一種懷念的感覺。」

「你能這麼做就太好了。」

「再會。」

艾維斯離開了。

「……剛剛的人是七魔皇老的艾維斯．涅庫羅吧……？」

「……真的耶……連我們黑制服都沒辦法跟艾維斯大人說上話，那個白制服的學生究竟是……？」

「喂，他該不會就是那個不適任者吧……？」

「為什麼不適任者會與七魔皇老……」

他們不是二班的學生吧？但這裡的學生還真喜歡八卦呢。

就算再怎麼在意別人的事也無濟於事吧。

「阿諾斯同學。」

被人搭話的我回過頭，眼前是艾米莉亞。

「這是失物，麻煩請你轉交給主人。」

我從艾米莉亞手上接過校徽。上頭刻的是六芒星，不是我的校徽。

「這是誰的？」

「你小組的組員唷。」

也就是莎夏或米夏，但我沒看過她們校徽的芒星數呢。

「哪一個？」

「……不是莎夏同學的那一個。」

真是莫名兜圈子的說法，直接說米夏不就好了？

「不過居然要我跑腿，這難道不算怠忽職守嗎？妳自己拿給她就好了吧。」

我還以為她會生氣，艾米莉亞卻只是露出困擾的表情。

算了，我想米夏也在找這個吧。

「我會轉交給她的。」

在我轉身後，背後的艾米莉亞說道：

「下午有地城測驗，不在訓練場上課，請到地城入口集合。」

「我知道了。」

我離開走廊，追尋米夏的魔力，來到德魯佐蓋多的中庭。

那裡聚集著人群，莎夏與米夏正在中心處。

「很抱歉，我也無能為力，想加入小組請跟阿諾斯說吧。」

「可是莎夏大人，那個不適任者根本完全不想理人啊，還請莎夏大人幫忙我們美言幾句……」

「這樣啊，那就沒辦法了，就算我說了他也不會聽。」

是莎夏的前組員嗎？他們似乎想和莎夏一起加入我的小組，很拚命地請她幫忙說情。

儘管米夏也在旁邊，卻沒有人向她搭話。如果想加入我的小組，明明也能請米夏幫忙說情。比起中途加入的莎夏，照理說不是該認為最早加入小組的米夏和我比較親近嗎？

之所以沒這麼做，是因為米夏身穿白制服？還是單純跟米夏沒有交集而無法拜託她？

這麼說來，我也沒見過米夏和其他魔族說話的景象。她的個性不會主動向人搭話，平常多半是因為我待在她身邊也說不定吧。

「莎夏大人，當那個不適任者的組員妳就滿足了嗎？難道不是另有打算嗎？」

莎夏露出一臉厭煩的表情。

「這是契約，我也沒辦法啊。況且若要瞧不起阿諾斯只是個不適任者，就先完成融合魔法再說吧。」

她的話才說完，學生們便陷入沉默，一副啞口無言的模樣。

「夠了吧，給我走開。」

學生們相當不情願似的離開了。

我向嘆了口氣的莎夏搭話：

「很有我部下的風範，妳回絕得相當爽快呢。」

或許是沒想到我會在這裡吧，莎夏先是瞠圓雙眼，接著別開臉。

「……你很吵耶……我只是覺得他們很煩……」

莎夏低聲嘟囔著。

「米夏，妳的東西掉了。」

我交出校徽。

「謝謝。」

米夏收下校徽，將它別在制服上。

「你來接我們嗎？」

「妳指的是什麼事？」

「下午的地城測驗。」

艾米莉亞剛才也說過，等等似乎要進行什麼地城測驗。

簡單而言，這項測驗就是要挑戰設置在德魯佐蓋多地下深處的迷宮。與小組對抗測驗相同，是以組為單位行動，收集設置在地城各處的魔法具與武器、防具，競爭得分。

儘管校方叨叨絮絮地解釋這個測驗的目的在於磨練探索迷宮的技術，總而言之就是單純的尋寶。

「雖然不是這樣，但妳們要走了嗎？」

「嗯。」

集合場所位於地城入口，所以必須提早出發。

「話說回來，阿諾斯，你有好好聆聽測驗的說明嗎？」

「嗯，只要拿到供奉在最底層祭壇上的權杖就是滿分吧，再簡單不過了。」

「你根本沒在聽嘛。雖然可以拿到滿分，但那件事絕對辦不到。別說學生，就連教師都不曾去過最底層，也不知道是否真的供奉著權杖。說到底，就連有沒有最底層都很可疑呢。」

「那為什麼會有這個評分項目？」

「……這種事你就算問我我也不知道啊，多半是因為代代相傳地底下供奉著權杖吧。」

這所學院到底為什麼會這麼隨便啊？

「權杖是指能強化『魔王軍』魔法的法杖吧？」

「是呀，據說那是始祖製作的魔王之杖。」

「那麼它的確存在，只要沒被人拿走。」

「……你又信口開河。算了，我們差不多該走嘍，都這個時間了。」

我一邁開步伐，來到身旁的米夏便抬頭直盯著我瞧。

「你為什麼會知道……？」

「這是我的城堡嘛。」

米夏微歪著頭。

我一邊想著好久沒進去那裡了，一邊朝地城入口走去。

只見二班的學生已集合於該處。

我們一抵達指定位置，上課鐘聲便正好響起。

「那麼，現在開始地城測驗。此外，組員在地城取得的所有道具所有權都在組長手上。截止時間為明天早上九點。提早回來的學生就算直接回家也無所謂，中途打算棄權者請用『意念通訊』通知老師。」

艾米莉亞打開地城大門。

「願始祖祝福各位。」

伴隨著口號，各組學生一齊蜂擁而入。

我沒有特別著急，緩步走著。

「喂、喂，阿諾斯，被搶先一步嘍？地城測驗是先搶先贏，現在不是讓你這麼悠哉地慢慢走的時候啦！」

「沒問題。」

「就算你說沒問題……」

「妳想走的話可以先走喔。」

「我一個人先走也無濟於事啦。」

莎夏轉過頭，稍微走在前頭。據說測驗會在路上配置魔物，但都被衝在前頭的學生們打倒了，讓我們得以悠閒地走在地城裡。

「前面右轉。」

「為什麼你會知道？」

「因為我來過。」

儘管露出不太相信的表情，莎夏仍勉勉強強地依循我的指示前進。

下降到第十層左右時，米夏開口：

「我能問一件事嗎？」

「怎麼了？」

「……生日要送什麼才好？」

米夏注視著走在前頭的莎夏背影。

「莎夏的生日嗎？」

她點了點頭。

「……明天……」

原來如此，還真突然呢。

畢竟她們昨天才和好，這也是沒辦法的事。

「莎夏。」

「幹嘛？」

「妳現在有想要什麼東西嗎？」

「這還用說，當然是在這場測驗中拿到第一嘍。」

還真是無趣的回答啊。

「好像是這樣呢？」

「……我很困擾……」

「測驗的第一名倒是能送給她當禮物呢。」

米夏搖了搖頭。

「……我想讓她終生難忘……」

這難度相當高呢。

「只要是妳想出來的禮物，無論是什麼她都會很高興吧？」

「是嗎……？」

「她似乎相當開心妳們能和好呢。」

米夏面無表情地陷入沉思。

「我想送衣服。」

衣服嗎？地城最底層的藏寶庫裡剛好有件不錯的衣服喔。

「我有件莎夏似乎會喜歡的衣服喔。」

「真的……？」

「剛好就放在這裡的地下，要是還留著就送給妳。」

聞言，米夏難得地微微一笑：

「謝謝。」

「話說回來，妳的生日是什麼時候？」

「……明天……」

原來如此，她們是雙胞胎嗎？確實長得很像呢。

「妳想要什麼？」

米夏想了一會。

「……不需要……」

「妳不用客氣。」

「……明天……見不到面……」

就算明天見不到面，生日禮物依舊隨時都能送吧。

還是說，她真的沒有想要的東西？

硬塞給她就好了吧。

「米夏幾歲了？」

「……明天十五……」

也就是說莎夏同樣是十五歲吧。

她於十五年前出生，魔王始祖則是在今年轉生。

儘管如此，莎夏依舊據傳是始祖轉生。人們果然認為魔王始祖不會作為嬰兒出生，而會轉生到已經出生且具備強大力量的器皿身上，或是在轉生經過一段時間才會覺醒。

雖然我並未明言自己會以怎樣的方式轉生，但轉生成為嬰兒說不定反而被認為是有違傳承的方式。

要是這樣想，魔王學院也有可能不是為了尋找始祖，反倒是為了不讓我被承認是始祖而建立的。

「阿諾斯？這裡是死路喔。」

莎夏在道路盡頭轉過頭來。

「嗯，是隱藏通道。」

「才沒這回事呢。即使以魔眼查看，這裡依舊什麼都沒有。」

「因為採取了讓魔眼看不出來的對策啊。」

我如此表示，隨即朝盡頭的牆壁筆直前進。

「咦……喂，阿諾斯……？」

我的頭「咚」地撞在牆上，撞破牆壁。我就這樣仰仗蠻力走著，牆壁「咚咚咚咚」、「轟轟轟轟」地依照我的體型開出了一個洞。

「啥……？」

「……好硬……」

「確實硬得很誇張、很厲害沒錯……但這能說是隱藏通道嗎？」

「魔眼看不出來……」

「因為根本不是魔法機關……」

我朝目瞪口呆、呆立不動的莎夏與米夏說道：

「快跟上。」

莎夏糊裡糊塗地邁步向前。

「只是把牆壁撞破罷了。」

「……嗯……」

§20 【魔王城的藏寶庫】

我不停地撞破牆壁後，很快出現了一個寬廣的空間——這是通往最底層的地城隱藏房間。

見狀，莎夏一臉驚訝。

「把牆壁撞壞後居然出現了房間……」

「魔法機關的隱藏通道意外容易曝光，畢竟只要循著魔力的痕跡找就好了嘛。不使用魔法的單純隱藏通道反倒會是個盲點。」

缺點是每次經過都得用「創造建築」的魔法一一開洞，再將牆壁修好。

「但德魯佐蓋多的地城除了學生外禁止進入喔，你是什麼時候發現這個隱藏通道的？」

「要是我說是我蓋的呢？」

莎夏不服氣似的噘起嘴。

「居然用這種方式敷衍我……不想說就算了。」

儘管我說的是事實，但她不會相信吧。

「走吧，這房間會通往最底層。」

走了一會後，我們抵達一間格外明亮的房間。

天花板很高，儘管位處地城內部卻綠意盎然，有著水道，水面粼粼地反射著光源。

「……陽光……」

米夏喃喃低語。

「嗯，白天是陽光，夜晚是月光，是建造成能從屋外採光的設計。」

「……是為了發動自然魔法陣吧？」

涅庫羅家的祕術融合魔法會使用自然魔法陣，熟練這項魔法的米夏與莎夏一眼就看出這間房間是用來施展魔法的觸媒。

然而房間看起來跟兩千年前不太一樣。

陽光照入的位置不同。是有人為了施展魔法而調整過嗎？

但不只是我，部下們也會使用這座地城，所以這倒不是什麼罕見的事。

我忽然注視起天花板。當然，那是一如往昔的天花板，也並非有著什麼東西。

「……怎麼了……？」

「沒事，我看錯了。」

我們離開自然魔法陣的房間，繼續前進，不停走在漫長的向下階梯上。途中，莎夏問道：

「喂，既然阿諾斯來過這裡，不是能用『轉移』移動嗎？」

「這座地城設有擾亂『轉移』的反魔法。的確有辦法施展，但不知道會轉移到哪裡去喔。」

儘管要解除反魔法相當簡單，不過一旦這麼做，地城本身就會崩坍。

要是只讓我能使用「轉移」，結果便像是幫人開了一道後門。設計成就連自己也無法使用「轉移」，是防止侵入者的最佳手段。

「都走了兩個小時以上，要走多深才會到啊？」

「你們看。」

米夏指向前方，能看到階梯盡頭。

「嗯，看來抵達最底層了。」

「真的嗎？」

莎夏率先衝下階梯。

望見眼前的事物後，她茫然地站著不動。

我跟米夏追了上去。

那裡聳立著一道巨大且奢華的門扉，會讓人誤以為是巨人家的門。

「那是祭壇之間的門。」

米夏啟動魔眼，直盯著那扇門瞧。

「反魔法。」

「沒錯，因為會有人想用魔法拆門進去嘛。」

米夏更進一步地窺看魔法深淵。

「……連『獄炎殲滅砲』級也無法破壞它……」

「……啥？這樣要怎麼進去啊……？」

看來她還不清楚自己是跟誰一塊來的呢。

「稍微用點腦。正因為妳打算破壞它，才會想不到辦法。既然魔法無效，用魔法以外的方式開門不就好了？。」

我悠哉上前，把手放在巨大的門扉上。

我一使勁，門扉便伴隨嘰嘰嘰的沉重聲響開啟了。

「瞧，開了。」

目瞪口呆了一會後，莎夏發牢騷似的說道：

「你把我的魔王城舉起來時就在想了，你那是什麼身體啊……？為什麼能推開這麼巨大的門？」

莎夏也試著推門，理所當然地文風不動。

做出這種可愛的事……

「這不是鍛鍊就能達到的水準吧？」

「平時的鍛鍊有差呢。」

莎夏一面沉思，一面碎碎念道：「有這種力大無窮的血統嗎？……」自問著。

「比起這點，妳要的東西就放在那裡喔。」

在大門敞開的房間深處有座祭壇，上頭立著一把散發不祥氣息的魔杖。

「那是……權杖吧……？」

只要用魔眼查看，想必便能一眼看出那把魔杖帶有極大的魔力。

與傑貝斯那把沒用的魔劍不同，這可是貨真價實的神話時代產物。

「如此一來，地城測驗保證滿分了。」

我還想說要是被人拿走了該怎麼辦，幸好有留下來。

「喂……我可以摸看看嗎……？」

在地城測驗得到的東西將是組長的所有物。然而如此強大的魔法具，就連在神話時代都很罕見。若有著莎夏程度的魔眼，會對權杖感到興趣可說是理所當然的事。

「行啊。」

「謝謝。」

莎夏興高采烈地衝上祭壇，輕輕地拿起權杖。

面對恐怕前所未見的魔法具的奧祕，她如痴如醉地注視著。

唔，機會正好。她應該會沉迷一段時間吧。

「米夏，過來一下。」

我向米夏搭話，來到設置在祭壇之間側面的門前。

「……這是什麼……？」

「是藏寶庫。」

我們走進房間。裡頭乍看之下只是個空房間，但在我喊出「現身吧」之後，魔法帷幕隨即揭開，陸續現出魔劍與魔導甲冑之類的魔法具，全是我在神話時代收集的東西。

當中有著將月光揉進從名為魔絲龍的龍身上採集到的稀少魔絲後編織而成的「月織禮服」，以及以號稱世上最美的黃金獅子希里烏斯的金毛織就的「金獅子長袍」等，一應俱全地收集了許多光鮮亮麗的衣服。

「選一件適合莎夏的衣服吧。」

米夏直盯著藏寶庫的衣服。

她相當懂呢。她所注視的並非衣服外觀，而是其深淵。

神話時代的魔法具會自行選擇主人。假如是自己使用也就算了，若要挑選送人的禮物便不是件簡單的事。她會怎麼選呢？

過了一會，米夏邁開步伐。

「我選這個。」

她拿起以神鳥菲尼克斯的羽毛織成的「不死鳥法袍」，會為穿者帶來不死之炎的恩惠，另一方面卻也是會將不符資格者燒成灰燼的問題道具。

「看起來的確很漂亮，但要穿上去可是相當辛苦喔。」

「嗯。」

代表她理解了吧。米夏果然很有看東西的魔眼(眼光)，這件「不死鳥法袍」確實很適合莎夏。

「那就送給她吧。」

米夏欣喜微笑，用雙手將「不死鳥法袍」寶貝地抱在懷中。

她就這樣走向門扉，打算返回莎夏身邊，不過才走到一半就被放在台座上的戒指給奪去目光。

那是「蓮葉冰戒指」，據說其散發的寒氣能讓七大海洋布滿蓮葉冰，故得其名。

米夏會注意到這個戒指想必並非偶然。魔法具與所持者會互相吸引，就這次的情況而言，是「蓮葉冰戒指」在呼喚她。

「妳想要嗎？」

米夏面無表情地直盯著戒指看。

「米夏也是明天生日吧。」

接著，她搖了搖頭。

「……沒關係……」

她逃跑似的離開藏寶庫。

「唔。」

或許有什麼內情在，這並非她的真心話。我拿起「蓮葉冰戒指」，立刻追著米夏離開藏寶庫。

「啊！阿諾斯、米夏，你們跑到哪裡去啦？等我注意到時，你們已經不見了，我很擔心喔。」

拿著權杖的莎夏飛也似的靠過來。

「抱歉，妳很害怕嗎？」

「我說的是擔～心～吧。」

她在害羞什麼啊？會怕的話直接說出來不就好了。

「請別以那種臉對著我，會讓我覺得你瞧不起我喔。」

「妳在說什麼啊？我的字典裡可沒有『瞧不起』這三個字喔。」

「請你先照照鏡子再說吧。」

居然說這種莫名其妙的話。

「話說回來，這裡已經沒事要做了吧？」

莎夏轉過身，注視著祭壇之間。

再來只需要返回原處，地城測驗就結束了。但還是先完成另一件事情比較好吧。

「先送給她會比較好吧？」

我對躲在身後的米夏說道。

「……現在……？」

「還是妳要藏著帶回家？」

米夏想了一會後，忙不迭地搖了搖頭，從我身後跨出一步。

「莎夏。」

莎夏回過頭。

接著，她看到米夏手中的「不死鳥法袍」，嚇了一跳。

「那是怎麼回事，米夏？」

「……我找到的……」
「在這裡？」
米夏點了點頭。
「送給妳。」
「……咦……送給我？但可以嗎？這可是……非常不得了的魔法具唷……」
莎夏應該有看出隱藏在「不死鳥法袍」中的龐大魔力吧。只見她以魔眼直盯著法袍不放。
「明天是妳生日。」
聽到米夏這麼說，莎夏隨即溫柔一笑，眼角浮現淡淡淚光。
「我什麼也沒準備喔。」
「……我不需要……」
莎夏露出困擾的微笑。
「謝謝妳，米夏，我非常高興喔，會珍惜一輩子的。」
米夏高興似的笑起。
「嗯。」
莎夏注視著「不死鳥法袍」的眼睛浮現了魔法陣。

是「破滅魔眼」。由於現在使用沒有意義，想必是情緒激動而自然浮現的吧。

但不太對勁呢。若是因為太過欣喜，應該在聽到這是生日禮物後就要浮現了。

看來是她望著「不死鳥法袍」時想到什麼，導致情緒激動起來才對。但她究竟想到了什麼？

「我可以試穿嗎？」

米夏點頭同意，將「不死鳥法袍」交給莎夏。

她把手放在制服的鈕扣上，隨即彷彿忽然想到似的看著我。

「我要換衣服……」

「好，我轉過身去。」

「這樣當然不行啦！給我進去那邊的房間裡！」

還真是麻煩的傢伙呢。沒辦法。

我依照她的指示走進藏寶庫裡。

我正想關門，米夏卻冷不防地從門後探出頭來。

「……她很高興……」

「太好了呢。」

「……多虧了阿諾斯……」

「是妳挑選的喔。」

米夏害羞起來。

「……今天是我一生當中最高興的日子……」

「說得真誇張。」

米夏忙不迭地搖頭。

「謝謝。」

我點頭回應，輕輕地把門關上。

§ 21 【莎夏的真正意圖】

我倚著藏寶庫的牆，心不在焉地看著上空。

……話說回來，還真閒呢。

如此這般，應該經過十分鐘了。不過是換衣服，是要花多久時間啊？

即使我試著敲門催促，得到的卻只有一片寂靜。

「……不太對勁呢。」

姑且不論莎夏，米夏聽到我敲門應該會回應吧，也不可能丟下我自己先回去。

還是說……？

「米夏，妳在嗎？我要開門嘍。」

沒有答覆，我於是推開門。

我看向祭壇，與剛才的印象明顯不同。

是紅色的。

祭壇前宛如水坑般滿溢鮮血。米夏低垂著頭跪在中心處，右胸刺著一把小刀。

看來她似乎還活著。但或許是為了不讓人立刻治療她吧，周圍謹慎地張開了魔法屏障。

「哎呀，終於出來啦？你還真是聽話呢。」

祭壇對面，站在入口處的莎夏說道。她身穿「不死鳥法袍」，手持權杖。

「唔，妳這是在做什麼？莎夏。」

聞言，莎夏訕笑般的說道：

「哼，你真笨呢，只是裝作稍微要好一點就輕易被我騙了。你真的以為我想和那種破爛人偶和睦相處嗎？這當然全是為了在這場地城測驗中拿到第一名所演的戲碼。」

演戲嗎？與米夏言歸於好，並因此感到高興，以及收到生日禮物時的眼淚……她想說這些全是騙人的嗎？

「男人還真單純呢，才稍微親一下就立刻被我騙了。難道你以為我會喜歡像你這樣的雜種嗎？」

「妳的演技還真好呢，莎夏。」

我一這麼說，莎夏便看似有些害怕地回瞪著我。

「……你這是什麼意思？」

「沒什麼，看不出來妳這麼會演戲呢。」

「沒錯，我演得很好吧。」

「但以背叛來說，手段也太溫和了。既然要做，妳就該殺了米夏，讓人難以復活地把肉體切成碎塊，再將那些肉片一一封印在岩石裡，使人找不著地分散在世界各地，這樣才算能達到最低水準。妳為什麼不這麼做？」

莎夏蹙起眉頭，感覺像是嚇到了。她果然沒辦法徹底無情。

「做出這種以小刀輕撫胸口程度的惡作劇，有什麼好得意的？」

「……你很煩耶。畢竟只要在地城測驗拿到第一名，我的目的就達成了。」

這麼說也很奇怪。

「只要妳仍是我的組員，就算拿到權杖也沒用吧？」

取得的所有道具，所有權都在組長手上。

莎夏卻嫣然一笑，展開魔法陣。

「我要廢除『契約』。」

經她這麼一喊，米夏與莎夏之間簽訂的「契約」便失效了。

如此一來，她要成為我組員的契約確實就無效，隨時都能脫離小組。

但米夏並未同意廢除「契約」。原則上，只要沒有雙方同意，「契約」應該不可能廢除。哪怕對方已死，效果也會持續下去。

我也不認為莎夏有辦法施展強制廢除「契約」的魔法。

儘管想到不少原因，但最有可能的只有一個嗎？

「原來如此，真有意思呢。」

我不經意地說出這種感想。

光是這樣，就讓自以為占有優勢的莎夏反過來露出陷入絕境的表情。

「你……腦子有問題嗎？要是置之不理，那孩子可是會死的喔。現在可不是讓你故作從容的狀況，你搞不懂嗎？」

「唔，這個狀況有什麼問題嗎？看起來跟平時沒什麼兩樣，是讓人無聊到想睡的午後課程耶。」

我的回答讓莎夏的眼神變得愈來愈凶狠。

「雖然姊妹吵架好像有點過頭了。」

「就說我從不認為那個破爛人偶是妹妹了吧！」

莎夏怒氣沖沖地說道：

「妳有在聽嗎？那只是個為了被我利用而出生，在盡情使喚後要是派不上用場，就會像條破抹布般遭到丟棄，可悲而悽慘的魔法人偶喔。」

莎夏惡狠狠而充滿恨意，一個勁地反駁著。

「呵呵……啊哈哈！啊哈哈哈哈！妳居然真的信了『能原諒我嗎』這種話，是想被騙幾次才甘願啊？真是個笨蛋人偶。難道妳以為我能和妳和睦相處嗎？啊，不過太好了呢，我還以為已經沒用了，妳卻幫我騙了那個雜種。」

她的視線並非對著我，而是筆直貫穿米夏。

「喂，米夏，妳還活著嗎？因為是最後了，我就先跟妳講——我最討厭妳那被騙了好幾次後，仍像這樣相信我的乖小孩態度，簡直讓我作嘔！」

莎夏激動起來，喊出傷人的話語。

她的眼睛卻沒有浮現「破滅魔眼」。

打從剛才起，就連一次也沒有。

「然後呢？」

我朝莎夏踏出一步。

「妳真正的想法又是如何呢？」

我一這麼問，莎夏便朝我狠狠瞪來。

這次她的眼睛浮現了「破滅魔眼」。

「怎麼？內心被我看穿，惱羞成怒了？」

莎夏持續瞪著我，但途中忽然露出微笑。

「哎呀？你該不會以為我沒辦法控制『破滅魔眼』吧？」

這麼說完後，莎夏靜靜地闔上眼。

隨著眼睛緩緩睜開，「破滅魔眼」從她的瞳眸中消失了。

「瞧，如你所見，控制魔眼根本不算什麼呢。」

莎夏看起來像是鬆了口氣，實際上卻又如何呢？

「妳是想說我誤會了嗎？原來如此。那麼——」

我再踏出一步。

「妳真正的想法又是如何呢？」

莎夏緊抿唇瓣。

是在警戒我的步步逼近嗎？還是……？

「你也跟那個人偶一樣呢。傑貝斯和里歐魯格的事情我聽說嘍，要人家兄弟和睦相處也太強人所難了吧？並不是所有人都像你這樣，是個和平、悠哉、不懂世事的白痴啊。」

我不懂世事嗎？的確，在這個時代是這樣沒錯吧。但居然會說我和平啊。

「什麼都不知道，就別仗著自己有點實力，擺出好好先生的嘴臉多管閒事！」

「我拒絕。」

聽到我當場回答，莎夏頓時啞口無言。

「我想說什麼就說什麼，想問什麼就問什麼，不接受任何人指揮。」

當然，我多少還懂得一般的社會禮儀，但現在毫無任何理由閉嘴。

「莎夏，妳身為我的部下，卻對我的朋友動手，妳該不會以為能這樣算了吧。」

我筆直朝著莎夏走去。

她警戒似的緊握起權杖。

「這樣好嗎？你要是敢碰我一根寒毛，那孩子就會死喔。」

是連動魔法「條件（rento）」嗎？

一旦傷害莎夏，便會觸發連動魔法「條件」，縮小米夏周圍張開的魔法屏障壓住她，應該是讓小刀插得更深，使她喪命的機制吧。

但即使死了，只要施展「復活」就好，她難道不知道測驗時的事嗎？

畢竟這是個死者無法復活的時代，縱使耳聞有能讓人死而復生的魔法，依舊不會輕易相信吧，更別說要立刻適應了。

「你先想辦法處理那邊的事吧。就算是你，想破壞魔法屏障治療米夏，也得花上十秒吧，這就足夠我逃跑嘍。」

莎夏施展「飛行」的魔法，讓身體飄浮起來。她在地城裡低空飛行，離開現場——

——但我以更快的速度蹬地衝向她。

我一抓住她的手，莎夏便驚慌失措地瞠圓雙眼。

條件同時滿足，觸發了「條件」的魔法。

然而米夏平安無事，魔法屏障沒出現任何變化。

「……這是怎麼回事……？『條件』確實觸發了啊……」

莎夏以魔眼看向米夏。

只要仔細窺看深淵，就會知道那個魔法屏障、胸口的小刀，以及流出的血全是我用幻影魔法做出來的假象。

米夏早就以恢復魔法「治癒」治療好傷勢了。

理應連動的魔法屏障已毀，即使觸發「條件」也不會發生任何事情。

「『幻影擬態』的魔法……騙人……你是何時施展的……？」

「當然是看到的瞬間了。朋友瀕死，我可沒辦法置之不理，擺出好好先生的嘴臉嘛。」

接著，我想說莎夏應該有什麼企圖，於是施展「幻影擬態」靜觀其變。

「好啦，那邊已經用零點一秒想辦法解決了，妳能逃的時間還剩下九點九秒，妳覺得該怎麼運用好呢？」

我握住她的手稍微施力。

莎夏痛苦地蹙起眉頭。

「……等等……」

祭壇傳來聲音。

我抓著莎夏的手回頭望去。解除「幻影擬態」後，米夏站了起來。

「……原諒她……」

嗯，很像她會說的話。

「妳要原諒她是無所謂啦，但我覺得還是讓她全盤托出一切比較好喔，這麼溫和的背叛就跟蹩腳戲沒兩樣呢。」

米夏忙不迭地搖頭。

「不能逼她。」

哎呀哎呀，她露出異於往常的迫切眼神懇求我。

「……不行嗎……？」

好吧。

儘管我不接受指揮，但請求就另當別論了。尤其對於朋友的請求，更得爽快地答應才行。

「妳就好好感謝米夏吧。」

我放開手。莎夏隨即落荒而逃似的飛到空中。

「米夏，妳還真是個笨蛋呢，以為這樣我就會道謝嗎？不好意思，妳的人生全是為了被我利用而存在的唷，妳就在臨死前好好後悔吧！」

話才說完，她的「飛行」便失去控制。

她墜落在地，摔了個狗吃屎。

「……好痛……這是怎樣啦……？」

「啊，抱歉，雖說要放妳一馬，但妳實在太吵，我忍不住擾亂魔力場，讓妳沒辦法飛。」

我朝著露出屈辱表情的少女狂妄大笑。

「敗者就該有敗者的樣子，給我用爬的回去，不然我說不定會改變主意喔。」

「……囂張的傢伙……給我記住……」

我忍不住咯哈哈地爽朗一笑。

「我就想聽妳這麼說，只要肯做不是辦得到嗎？」

儘管莎夏狠狠瞪了我一眼，但她仍轉過身，步履蹣跚地走回去。

我朝著她的背影喊道：

「莎夏，我對部下的背叛相當寬容，更何況是這種程度的惡作劇。只要盡到該盡的禮節，我就原諒妳喔。」

莎夏頭也不回地離開了。

§ 22 【米夏的祕密】

「好啦，米夏。」

我回頭望向祭壇。米夏走到我身旁。

「這次能跟我說了嗎？」

她直盯著我。

「……莎夏的事嗎……？」

「是妳的事。」

聽到我這麼說，米夏面無表情地陷入沉默。

「……想知道……？」

「因為我們是朋友嘛。」

米夏微微低下頭。

「不想說嗎？」

她忙不迭地搖頭。

「之前不想說。」

之前……也就是說——

「妳改變主意了嗎？」

她點點頭。

「阿諾斯是朋友，而且很溫柔。」

「這樣啊。」

「……嗯……」

米夏用毫無情緒的眼神看著我。

「……十五歲生日的午夜零時，我會消失……」

她淡然地向我如此坦白。

「這跟妳被稱為魔法人偶有關嗎？」

就算搭配這種術式，倒也沒什麼好驚訝的。

「說我是魔法人偶並不正確。」

也就是比喻之意嘍？

「米夏．涅庫羅並不存在。」

唔，原來如此，是這麼一回事啊。

根據至今為止的發展，我總算能看出大致上的情況了。

「也就是說，妳本來是莎夏嗎？」

聽我這麼一說，米夏嚇到似的眨了兩次眼。

「……你為什麼知道……？」

「首先，不可能單方面強制廢除『契約』。具備龐大魔力差的話倒是另當別論，但妳和莎夏的魔力旗鼓相當。儘管如此，她依舊毫無代價地廢棄了『契約』。」

能想到的答案只有一個。

「『契約』是經由施術雙方同意廢除的。如果妳和莎夏是同一個人，便能依循其中一方的判斷輕易做到這件事，就像能輕易廢除自己簽訂的『契約』一樣。」

「……阿諾斯好聰明……」

雖然這不是什麼值得稱讚的事……這時代的人不知道有能將一個人分成兩個人的魔法嗎？

「是『分魂分體（deieruga）』或是類似的魔法吧。分割後的肉體與根源會逐漸恢復成原本的型態。」

米夏點了點頭。

「我是以魔法分割出來的模擬人格，本來就不存在，會在十五歲生日時回歸到莎夏身上，所以那孩子才會說我是魔法人偶。」

由於是暫時性的生命，才會稱作魔法人偶嗎？難怪明明有著相同魔力與血統，米夏卻是白制服。

因為已經預先知道她很快就會消失了。

「是艾維斯·涅庫羅做的嗎？」

米夏又嚇了一跳。

看樣子我說中了。

「……為什麼……？」

「『分魂分體』並非簡單的魔法，這時代能施展的人有限。此外，倘若不在胎兒時期施展，成功率會很低。妳們身為艾維斯的親族，猜測是他做的，想必雖不中亦不遠矣。」

而且他有這麼做的理由。

「他應該連同『分魂分體』對妳們施展了融合魔法吧。在術式上，讓魔力與魔力結合的融合魔法具備融合時間有限的缺陷。」

縱使是經我改良的融合魔法術式，依舊無法使兩個魔力永遠融合。

「然而，假如是本來同為一體的存在被分割成兩個，事情就另當別論了。利用米夏與莎夏要恢復成同一個人的力量，消除融合魔法的缺陷——這便是艾維斯想到的辦法。」

施展「分魂分體」分裂成兩個人，再利用融合魔法增強魔力，就能得到比那人原有多上數十倍，甚至數百倍的魔力吧。由於本來就是同一個人，也不會因為融合魔法的缺陷再度分離。

但這不管怎麼想都相當亂來。術式的複雜度自不待言，施展魔法的難度，以及給莎夏帶來的風險也很龐大吧。

即使得到了超乎負荷的魔力，也不清楚身體撐不撐得住，況且精神有可能會先受不了。

不過艾維斯再差也是我直接創造的魔族，應該有妥善處理好這部分吧。

「他應該也考慮到了除此之外的可能性，對嗎？」

米夏點頭。看來我的推測沒錯。

「『分離融合轉生（deino jikusesu）』。」

「這是他對莎夏施展的魔法嗎？」

米夏點了點頭。

這是將「分魂分體」與融合魔法的術式組合所創造出來的魔法吧。

我想肯定是為了創造更強大的魔族而開發的。他之所以研究融合魔法，或許本來就是為了這個目的。

「所以妳才會說生日當天見不到面嗎？」

米夏點了點頭。

「……對不起……」

「為什麼道歉？」

「……瞞著你……」

「別在意這種事。妳想說的時候再說就好了。」

米夏垂下視線，喃喃表示：

「我想過普通的生活。」

見我以眼神詢問，她接著說道：

「打從出生時，我的命運就被決定了，我會消失，只留下莎夏。儘管如此也無所謂，十五年就是我的一生。」

就連對人類來說都太過短暫的壽命。

要是魔族，應該會覺得是剎那間的短暫人生吧。

「相對的，我想要回憶。然而沒有魔族肯跟我說話，因為另一個涅庫羅是不存在的人，就連在魔王學院也一樣。」

唔，確實沒看過米夏和其他魔族說話的樣子，就連跟艾米莉亞都只有事務性的對話。

「我曾是這樣想的。」

米夏的眼睛堅強地直視著我。

「但阿諾斯跟我說話了，甚至成為我的朋友，帶我到家裡去，和雙親愉快地聊天。」

米夏笑了。

像是將這些無聊而平淡無奇的回憶當成寶物一樣。

「我的人生發生了奇蹟。」

實在難以想像這個將我一時興起的邀約說成奇蹟的少女，至今究竟過著怎樣的生活。

這個時代的確非常和平，卻非沒有悲劇。

「阿諾斯。」

她呼喚著我。

「謝謝你肯叫我的名字。我很高興。」

米夏說出這種蠢話，像是想在明天到來前先跟我傾訴似的。我輕輕地將手放在她的頭上。

「怎麼了嗎？」

「這樣就行了嗎？妳真的滿足了嗎？」

米夏點頭。

「我不會害怕。」

初次見面時，她也說了這種話呢。

「因為我打從一開始就不存在於任何地方。」

哎呀哎呀，真是令人傷腦筋的傢伙。

「妳就在這裡，是我所認同的第一個朋友。妳該不會以為我會對朋友見死不救吧？」

瞬間，米夏瞠圓雙眼。

但她立刻搖了搖頭。

「……就算是阿諾斯也不可能……我打從一開始就不存在，這不過是恢復原狀，並非死去，而是消失，無法起死回生。」

「復活」是藉由死後殘留的魂魄——要是進一步窺看深淵，就是以作為魔力泉源的根源為基礎——使人復活。

然而米夏的根源本來就屬於莎夏，縱使想在她消失後施展「復活」，這世上也沒有能讓她復活的根源。

「沒辦法讓根源與肉體永遠一分為二。」

將本來同為一體的事物以魔法一分為二的極限是十五年，一旦經過十五年，尚未恢復原狀的根源與肉體將無法繼續存活。

如今分裂成莎夏與米夏的狀態本來就是不自然的。

魔法能暫時引發不自然的狀態，也能讓不自然的狀態恢復原狀。

然而魔法無法讓不自然的狀態永遠維持下去，要是這麼做的話，一定會在某處產生扭曲。

「謝謝你。」

「為何要謝我？」

「因為阿諾斯很溫柔。」

我不懂。

「溫柔是句好話，卻沒人能因此得救。」

米夏忙不迭地搖頭。

「我得救了，所以沒關係。」

是什麼沒關係？

我才剛這樣想，米夏就踮起腳跟，摸著我的頭。

「好乖好乖。」

……做出這種莫名其妙的事。

「妳這是在做什麼？」

「你看起來很難過。」

「難過？我嗎？」

難過的明明是米夏，她卻點頭回應了我的詢問。

「後悔和我成為朋友了嗎？」

「妳為什麼這麼問？」

她一時語塞，接著說道：

「……因為米夏．涅庫羅並不存在……」

比起自己會消失這點，面無表情、如此淡然表示的她更擔心和註定會消失的朋友交好的我。

笨蛋，這個超級大笨蛋。

我拉過那纖細的身體，將她緊緊抱在懷中。

「……阿諾斯……？」

「我不知道的事情只有兩件。」

我緊緊、緊緊地抱住米夏。

宛如呼喊著「妳確實就在這裡」一般。

「……是什麼……？」

「後悔和不可能。」

被我抱在懷中的米夏以不帶溫度的雙眼望著我。

「我說過了吧？我可是魔王始祖，會實現妳的願望的。」

米夏面無表情地思考著，也像是感到不知所措。

「我想和好。」

是和莎夏吧。

「這就是我的願望。」

就連這種時候的願望都是這個嗎？她沒辦法相信我就是始祖吧。

這是為了不讓我說謊、不讓我後悔的體貼。

「……很難嗎……？」

「別擔心。我應該說過自己不知道什麼是不可能了吧。」

我放開米夏。

走向祭壇之間的大門。

「你要去哪裡？」

「莎夏那邊。妳想和好，對吧？」

我一朝著她笑，米夏便略顯開心似的微笑起來。

「……嗯……」

「米夏，能跟我保證一件事嗎？」

米夏朝我看來。

「直到最後，妳都要認定自己還有明天，好好活著。」

她沉默不語。

「妳想過普通的生活吧？」

聽到我這麼說，米夏點頭回道：

「我知道了。」

「很好。那就趕快逮住莎夏吧。」

我們返回原本的道路。

米夏心不在焉地盯著前方，碎步走著。

她說過自己不會害怕。

因為自己並不存在。

真的是這樣嗎？

或許妳已經放棄了，打算接受這一切。

但是，妳就看好吧。

——我可是阿諾斯・波魯迪戈烏多。

§ 23 【第二次對決】

我和米夏爬著階梯，朝地城上層移動。

「追得上？」

米夏問道。

儘管是讓莎夏無法施展「飛行」的魔法，但倘若以相同速度行走，當然追不上，畢竟對方說不定會用跑的。

「沒問題。」

我稍微抬起腳，咚地踏響階梯平台的地板。

嘎嘎！咚咚咚咚咚隆！位於地下的地城開始大幅搖晃，是甚至讓人難以站立的震動。

「抓住我。」

「……嗯……」

米夏抓住我的手，勉強熬過了震動。

持續了大約一分多鐘，搖晃才總算平息下來。

「可以放開嘍。」

米夏輕輕地放手。

「你做了什麼？」

「我稍微改變地形，製造死路，這樣就算不想也會追上。」

我們邁步前進，不久後爬完階梯，眼前出現了一個明亮空間——是來時經過的自然魔法陣的房間。

莎夏就在這裡。

她看似手足無措地站著不動，是因為怎樣也找不到來時曾經走過的通道吧。剛才我踏響地面的動作大幅改變了地形，使這裡成為死路。

「嗨，莎夏。」

我一出聲，她便抖了一下，回過頭來。

她緊握權杖警戒著。

「這也是你搞的鬼嗎？」

是指房間變成死路的事吧。

「妳以為我會告訴背叛者嗎？」

莎夏的眼神變得凶狠，似乎因為看不出我的目的而戒備萬分。

「想要權杖就殺了我吧。」

「放心，是因為米夏說想跟妳和好。」

莎夏瞠圓雙眼，隨即焦躁不已。

「妳是笨蛋嗎？這麼快就忘了我剛才對妳做了什麼？」

她所說的話相當尖銳。

然而米夏只是目不轉睛地回望著她。

「真讓人傻眼。妳還真是個笨蛋人偶。阿諾斯，你也是，居然真的答應這種人偶的要求。聽好嘍，你相當中意的那孩子並不存在，既無生命也無根源，只是個明天就會消失的破爛人偶唷。」

「嗯，這我剛才聽過了，所以怎麼了嗎？」

或許是沒料到我會這麼說吧，莎夏一時語塞。

「……這樣啊，已經說了嗎？不過是個人偶，行為還真像個活人呢。開始害怕自己會消失了嗎？」

莎夏指責似的說道。

「不是的。」

「哪裡不是？」

「我會消失是註定的，我不害怕。」

米夏淡然說道：

「但在那之前，我想和莎夏和好，就只是這樣。」

莎夏惡狠狠地瞪向米夏。

「我想知道妳真正的想法。」

「什麼想法？」

很罕見地，米夏像是感到遲疑般戰戰兢兢地問道：

「…………莎夏…………討厭我嗎……？」

莎夏沒有回答這個問題。

她朝我如此說道：

「喂，要再跟我對決一次嗎？」

我還以為她要說什麼呢。真是得不到教訓的女人。

「妳打算怎麼對決？」

「我接下來會畫個魔法陣，要是你第一次看到那個魔法陣便有辦法施展魔法，就算你贏；倘若施展不了，就算我贏。」

要使用他人構築的魔法陣施展魔法是相當困難的事，況且要是不知道那是什麼魔法，還必須在第一次看到時就完全理解術式。一般而言，這會是對畫出魔法陣的一方壓倒性有利的對決吧。

只要對手不是我。

「可以嗎？採取對我這麼有利的條件，要我再多讓幾步也行喔。」

「沒問題，就算是你也絕不可能辦到。」

唔，也就是說她有自信嗎？有意思。

「妳要賭什麼？」

「你贏的話，我就回答那孩子的問題。」

「要是妳贏呢？」

「我要你聽我的命令，施展一個魔法。」

真是奇妙的條件呢。

「什麼魔法？」

「哎呀？不確認一下，你就怕得不敢跟我對決嗎？」

喔，這傢伙相當懂得該如何挑釁呢。

並非採取「絕對服從自己命令」這種廣範圍的條件，反倒特意侷限在使用一個魔法上，應該是想相對提高「契約」的約束力吧。

「契約」本來就不是能用半吊子的代價廢棄的魔法，換句話說，她相當警戒我的強大魔力。條件愈是單純有限，「契約」的約束力便愈強。

「無所謂，我就答應吧。」

莎夏滿意地露出微笑，施展「契約」的魔法。我在確認完內容後簽字。

「所以呢？那是怎樣的魔法陣？」

「我現在開始畫。」

莎夏轉身邁開步伐，停下腳步的位置正好是房間中心處。她輕輕闔眼，以雙手握住豎立的權杖。

魔力粒子湧現，在她腳邊浮現作為魔法陣原型的魔力圓。那個圓逐漸擴大，遍及整個房間。

看來是相當大規模的魔法陣，以莎夏本來的力量想必有點困難吧。不過權杖與「不死鳥法袍」提升了她的魔力，輔助她構築魔法陣。

魔力圓上浮現魔法文字，陸陸續續顯現魔法門。

經過十幾分鐘，莎夏仍在構築魔法陣，但我依舊看不出這是怎樣的魔法。

理由有兩點。

第一，這是我所不知道的魔法。

與神話時代的任何魔法都不相似，也就是在這兩千年內新開發的魔法。從莎夏自信滿滿的態度來看，這也許是她自己開發的魔法。

第二，這個魔法陣根本尚未完成，看來就連十分之一都還不到，如此一來選項就太多了，即使是我也不可能篩選出這是怎樣的魔法。

「妳打算畫到什麼時候？」

「別擔心，會趕在明天零時之前完成的，在那孩子消失之前唷。」

考量魔法陣的構築速度，應該會在即將來到明天零時之際完成吧。

原來如此，大概是想奪走我時間的作戰吧。若要趕在米夏消失前施展魔法，或許就會因為心急而失敗──她是這樣想的吧。

抑或是還有其他企圖。

「哎呀？有點著急了嗎？」

「既然要向我挑戰，妳就儘管做好萬全的準備吧。無論妳要動什麼手腳都沒用。」

「真有自信呢。你等著瞧吧，這次的勝利將會屬於我。」

明明已經在小組對抗測驗展現如此龐大的實力差距了，莎夏究竟打哪來的自信啊？畢竟她也不是不知道我的實力。

「有意思。看在妳這魯莽的勇氣上，在魔法陣完成前，我就閉上眼睛吧。」

我當場坐下，閉上魔眼。

我施展「魔力時鐘」的魔法，顯示時間。

莎夏專心構築著魔法陣。這麼大的規模一旦稍有失誤，時間就會來不及，她的自尊也不容許自己這麼做吧。

莎夏以非常專注的集中力，毫無失誤地畫著魔法陣。

不久後日落西山，房間裡照進了月光。

米夏目不轉睛地望著姊姊的身影。

像是要將她拚命構築魔法陣的模樣深深印在眼中般，連眨眼都感到可惜地凝視著。

就這樣，時間一分一秒地流逝，「魔力時鐘」指向深夜的十一點四十五分。

§ 24 【謊言】

莎夏說道：

「阿諾斯。」

終於啊……

我緩緩起身，魔眼（視線）望向畫在房間裡的魔法陣。

但它尚未完成。

「妳該不會要說自己來不及完成吧？」

「怎麼可能？這樣就完成嘍。」

莎夏舉起手。

她所發動的魔法使照進房間的月光分散成無數光線，一口氣補上魔法陣缺少的拼圖。

填滿房間的巨大自然魔法陣完成。

我立刻啟動魔眼，分析起魔法術式。

若是這個時代的術者要正確解讀畫了數十萬字的魔法文字，或許得花上一整天。但我只消一眼便輕鬆看透了內容。

也能毫不費力地施展魔法。

不過——

「咯……咯咯咯……咯哈哈哈哈！原來如此，原來如此啊，莎夏，也就是妳打從一開始就不打算贏了。」

我的這句話讓莎夏微微一笑。

「我很清楚自己的實力，這場對決就算輸了也無所謂。但我怎樣都不想輸給命運。」

不想輸給命運嗎？

「你想的沒錯，我的目的就是要讓你施展這個大魔法唷。」

「真虧妳想得到這種方法。我如果要贏得對決，便必須發動這個魔法；倘若輸了對決，妳就會命令我發動這個魔法。」

既然受到「契約」約束，無論如何我都必須使用這個魔法陣施展魔法。也就是不管這場對決是輸是贏，莎夏都能達成目的。

當然，以我的力量倒也不是沒辦法鑽漏洞……但這樣做太沒意思了。

「好吧，我就向妳的智慧與勇氣表達敬意，收下這場勝利了。」

我朝著魔法陣舉起手。

與莎夏的魔力波長同步，我啟動魔法陣。

「這種魔法我還是第一次看到。是怎樣的魔法？」

「『根源同步（zekushizu）』，是我所開發的魔法唷。」

我解讀「根源同步」的術式，其魔法效果是讓魔力波長與他人同步。並非像我現在這樣為了施展魔法而讓表面上的波長同步，而是打從根源變得和他人一樣。

這可是「獄炎殲滅砲」級的高難度魔法。儘管勉強構築了這個術式，但莎夏應該沒有能力自行施展魔法吧。

所以她才想讓我施展魔法。

「根源同步」的目標是莎夏本人，同步的對象是米夏。

「儘管展現妳的覺悟吧。」

我發動了「根源同步」。

藍色光粒有如螢火蟲般飛舞，位於魔法陣中心的莎夏身體閃閃發光。隨著光芒愈來愈強，將整個房間染成一片湛藍後，視野忽然取回原本的色彩。

「……結束了……？」

「是呀，對決是我贏了。妳懂吧？」

莎夏點頭。

「以防妳說謊，我要施展『意念領域(rikunosu)』。」

「意念領域」能將範圍內的人的想法傳達給術者。儘管並非不能用反魔法防止，但總之以我為對手不可能做到。

「無所謂。」

我朝米夏看去，她像是在說沒有問題般點點頭。

我發動了「意念領域」。

「米夏。」

在廣大房間中央，涅庫羅姊妹面對面。

月光如夢似幻地灑落而下。

「再過十分鐘，妳就要消失了。」

米夏點了點頭。

「心情如何？」

她一如往常地淡然回答：

「我不害怕。」

「這樣啊。」

莎夏直盯著妹妹。

「妳想知道我真正的心情吧？」

「……嗯……」

「好吧。反正都到最後了，我就跟妳講吧。」

莎夏吸了口氣。

將意識集中在「意念領域」上後，她的想法便經由魔法傳達過來。

——這是最後了——

——妳打從一開始就不存在。

——只不過是我恢復原狀。

——與自己相似的存在一直待在身旁，沒有比這還要礙眼的事了。

——啊，要是我能這樣想該有多好。

——小時候，我還完全無法控制「破滅魔眼」時……

——就只有妳願意待在我身邊。

——就只有妳願意看著我的眼睛，只有妳願意對著我笑——

——由於妳願意陪著我練習，讓我變得只要不與其他人目光相對，就不會傷害到任何人——

——變得能離開家中，與其他魔族一同歡笑了。

——然而不存在的妳只在必要時有僕人跟隨，幾乎過著孤獨的生活——

——這十五年來，我過得非常開心。

——所以已經夠了，我已經滿足了。

——剩下的人生就給妳吧。

——縱使妳說這是命運，我也不會認同這種事。

——我們的靈魂與肉體是被一分為二的。

——我雖然是主體，卻認為應該有能改變這件事的方法，一直研究著魔法——

——「分離融合轉生」是以魔力波長來區分我和妳。

——所以只要施展「根源同步」，始作為我魔力泉源的根源變得和妳一模一樣，便無法區分我們誰才是主體——

——儘管光靠我的力量沒辦法做到，但多虧阿諾斯讓我趕上了。

——之後只要再施展一個魔法……對「分離融合轉生」施加「主格交換（deruto）」，就能讓妳成為主體——

——一定可以的。

——為了施展「主格交換」的最後一塊拼圖，就是妳要有身為妳的自覺——

——要拒絕我，拒絕莎夏．涅庫羅。

——為此，我一直準備到了今天。

——一直做著被妳討厭的準備——

——沒問題，我辦得到。

——雖然這是最後了——

——抱歉，米夏，我沒辦法說出真正的想法。

——縱使得支付「契約」的代價，反正到時候我也消失了。

「喂，人偶。」

——喂，米夏——

「我打從以前就一直最討厭妳了。」

——我打從以前……就一直最喜歡妳了——

莎夏違背了契約。

我在這瞬間廢棄了「契約」。

「所以……」

——所以——

「再會。」

——永別了，米夏，我最喜歡的妹妹。

莎夏抱住妹妹。

為了不讓她察覺、不讓她發現而帶著嘲笑。

——我有好好笑著嗎？

——雖然不清楚，但這個姿勢也看不到臉。

——我會改變的。妳會死去的這種命運，就讓我打破吧。

「……『主格交換』……」

——要保重喔，米夏，拜拜——

莎夏詠唱魔法的瞬間，兩人被耀眼的光芒籠罩。
隨著閃光逐漸褪去，兩人被光芒吞沒的身影浮現而出。
十幾秒過後，光芒完全消失。
待在那裡的是兩人毫無變化的身影。
莎夏帶著一臉驚訝的表情，半傻眼地注視著妹妹的臉。
「…………怎麼會……」

——我都一直準備到現在了。
——做好萬全的準備，擬定了絕對不會出錯的完美計畫。
——儘管如此……

她的心聲滿溢而出。
她以染上絕望的聲音，小小聲地問道：
「…………為什麼……？」
莎夏的魔法失敗了。
她像是要哭出來似的。

「什麼魔法？」

即使米夏詢問，莎夏也只是露出不甘心的表情。

直盯著這樣的姊姊，米夏說道：

「莎夏太不會說謊了。」

語調相當淡然，卻也非常溫柔。

「儘管不知道妳為什麼要說謊……」

她的眼中滿是對姊姊懷抱的好感。

「但我喜歡笨拙的莎夏。」

莎夏咬緊唇瓣，強忍著淚水。

但她終究忍耐不住，淚珠就這樣自臉頰撲簌簌地落下。

要是米夏沒有拒絕她，「主格交換」的魔法便無法成立。

莎夏制定的計畫確實很完美。

儘管如此，她還是誤算了一點。

那就是米夏比她所想的還要喜歡姊姊，以及莎夏也喜歡妹妹到無法靠演技掩飾的程度。

很可悲的，莎夏想幫助米夏的心情導致計畫失敗。

「……笨蛋……」

彷彿從喉嚨擠出的聲音響起。

「……妳這個笨蛋……我都對妳做了那麼……那麼……過分的事了……！」

莎夏哭訴著：

「都對妳說了過分的話……都傷害了妳……為什麼……為什麼……？」

她像是被絕望擊垮般跪下，將臉埋在妹妹胸前。

「……拜託妳……米夏，討厭我吧，拒絕我吧……」

她一面落淚，一面懇求似的說道：

「不然妳會無法得救的，讓我代替妳消失就好。」

米夏把手輕輕放在姊姊頭上，溫柔撫摸著。

「好乖好乖。」

抱起莎夏的肩膀，米夏說道：

「別在意，打從一開始就不存在的人是我。」

「這種事……跟這種事一點關係也沒有！畢竟米夏現在就在這裡啊！因為妳是我想要守護、最喜歡的、最重要的妹妹，所以我想打破這種命運啊！」

莎夏緊抱著米夏不放。

「……求求妳……不要消失……不要丟下我……」

米夏看似傷腦筋般的微微一笑。

「我不會消失，就只是變成莎夏，會一直陪在妳身邊的。」

已經沒時間了。

米夏還能是米夏的時間微乎其微。

摸著嚎啕大哭的莎夏，她露出滿足的表情。

「我們和好了。」

米夏看向我。

「多虧阿諾斯。」

「太好了呢。」

她點了點頭。

「妳還有其他願望嗎？」

米夏忙不迭地搖頭。

「我沒有任何遺憾了。」

她直視著我說道：

「我還以為再也無法和好了，然而我的人生卻發生了兩次奇蹟。」

「妳在說什麼啊？」

米夏感到不可思議似的以眼神詢問我。

我說道：

「真正的奇蹟現在才要開始。」

我舉起手，施展「魔王軍」的魔法。

§ 25 【始祖的回答】

「妳要哭到什麼時候？站起來，莎夏。」

一聽我這麼說，莎夏便以哭腫的紅眼緩緩看來。

「要放棄還太早了。」

「……你能讓我代替米夏消失嗎？」

「要說能不能，我能。這招叫做『主格交換』嗎？因為妳還不成熟，才必須以米夏的拒絕作為觸發，如果是我，就連『根源同步』都不需要。」

「主格交換」是作用於施加在莎夏與米夏身上的「分離融合轉生」的魔法術式，讓米夏被判定為主體。無論是得用「根源同步」使兩人的根源同步，或是成功與否必須交給米夏的意志決定，全是因為莎夏的魔力與魔法技術不足，才想藉由限定條件讓魔法成立。

「不行。」

米夏投來請求般的視線。

「安心吧，我不打算這麼做。」

莎夏隨即說道：

「拜託你！阿諾斯，讓我消失吧！我已經活得夠久了！把剩下的人生留給米夏。」

「本來就不存在的人是我，犧牲莎夏也太奇怪了。」

莎夏與米夏向我請求，互相袒護對方，宣稱該消失的人是自己。

哎呀哎呀，還真是堅強呢。遺憾的是，雙方的主張都不是我的風格。

「話說回來，在適任性檢查時有著這種問題呢。」

我回想入學測試的內容說道：

「假設你有一對兒女，女兒擁有力量，卻缺乏魔王適任性；兒子缺乏力量，魔王適任性卻很高，兩人在某一時刻受神詛咒，瀕臨死亡，能解除詛咒的聖杯只有一個，這時應該救誰？請逑說始祖在此情境下的想法。」

我朝兩人問道：

「正確答案是什麼？」

「適任性高的一方。」

回答的是米夏。

「為什麼？」

「無論力量再強，魔王都不會轉生到沒有適任性的魔族身上。」

原來如此，的確很像這時代會有的想法。於重視血統與適任性的現在，想必會將這樣的回答視為正確答案吧。

「這是錯的。」

米夏直盯著我瞧。

「所以會轉生到有力量的一方？」

要是選了前者，便是唯有力量才是魔王的想法吧。

只是——

「這也是錯的。」

她頓時像是聽不懂般直眨著眼。

「有力量、有適任性，所以又怎麼了？說到底，詢問該救誰的這傢伙是誰？始祖何時說過只能救一個了？神的詛咒？為何我得屈服在神這種傢伙之下？」

我朝著莎夏與米夏坦然說道：

「正確答案是將聖杯分成兩個，雙方一起救。」

或許是聽懂我想說的意思了。儘管顯得很無力，但莎夏確實站了起來。

「妳們兩個我都要救。」

「……但要怎麼做……？這不用想也知道是不可能的事。我們的肉體與根源本來同為一體，沒辦法一直一分為二下去，就算準備了米夏的器皿，只有一半的根源依舊活不久，即使讓她轉生也一樣唷。」

莎夏列舉出不可能的理由。儘管如此，她還是站起來了。既然知道這不可能，她為什麼要站起來？

她在期待吧，賭著微乎其微的希望，期待我就像小組對抗測驗時一樣，顛覆這個無聊的常識。

我必須回應她的這份期待。

「也就是說，一切原因都出在妳們本來是同一個人身上。」

「……所以不可能辦到吧……？」

「不，道理很簡單啊。既然如此，只要讓妳們本來是兩個人就好。」

莎夏瞠大雙眼，露出驚訝的表情。

「要怎麼做到這種事？」

「改變過去。」

莎夏啞口無言，看來她從未想過過去是可以改變的吧。

但真正的魔法就連時間也能輕易超越。

然而一旦達到這種程度，縱使是我也無法說這很容易。

「才十五年的話，便能用『時間操作』回溯。」

這次換成米夏說道：

「如果改變過去，我就不會出生。」

「……沒錯，米夏是因為『分離融合轉生』的魔法才出生的，要是讓我們打從一開始就是雙胞胎，如今在這裡的米夏就會消失喔。即使有了妹妹，那也不是米夏……」

即使改變過去，接著就會變成米夏不會出生，也就是一如字面意義的束手無策，根本不可能達成目標。

但所謂的魔王就連不可能都能毀滅。

「一分為二的根源，命中註定總有一天會恢復成一個。既然如此，妳們不覺得只要再多準備一個根源就好了嗎？」

「這是什麼意思？」

「只要妳們分別有兩個人就好。」

或許是無法理解我說的話吧，兩人半傻眼地愣住了。

「假設現在這裡有第三個人，好比只有一半根源的另一個莎夏在。另一個莎夏同樣命中註定總有一天會恢復成一個，屆時她會跟妳們兩個之中的誰融合？」

莎夏想了想後說道：

「誰知道呢。因為根源一樣，所以會跟我或米夏其中一個融合。」

「沒錯。也就是說如今在這裡的莎夏，也有可能會和另一個莎夏融合。如此一來，莎夏．涅庫羅就會恢復成一個根源。」

我接著說道：

「然後，假設有第四個人，也就是另一個米夏在吧。只要如今在這裡的米夏與另一個米夏融合，米夏．涅庫羅也一樣會恢復成一個根源。」

只要恢復成一個根源，就不用擔心兩人之中有誰會消失了。

「……聽不懂你在說什麼……要是我們還有另一個人，或許會變成這樣沒錯，但那在哪裡？你想說這世上有著能製造出完全一模一樣人物的魔法嗎？」

「很遺憾，無論施展怎樣的魔法，都難以創造出相同的人物，我們的根源在這世上是獨一無二的。」

「所以果然還是辦不到吧？」

「不，儘管無法創造出相同的人物，卻能和另一個自己見面。」

「……怎麼做……？」

「我曾提及要回到過去吧，讓過去的妳們與現在的妳們融合。」

即使是莎夏與米夏，依舊露出了完全聽不懂的表情，因為她們不知道在施展起源魔法「時間操作」之際所產生的時間概念。畢竟就連在神話時代，能改變數秒前過去的魔族也是屈指可數。

「也就是將如今在這裡的妳們兩個的根源送回十五年前。而在那個時間點上，有著剛出生的妳們的根源，無論現在還是過去，兩個根源本為一體。米夏與莎夏是同一個人物，理所當然地，過去的米夏和現在的米夏也是同一人物。於是兩個根源會想恢復成一個。既然如此，就能讓過去米夏的根源和現在米夏的根源融合為一體。莎夏也一樣。」

「……該怎麼做……？」

「具體來說，就是在十五年前，讓妳們作為雙胞胎出生。」

改變過去有著許多法則在，很麻煩。

只要有人注意到她們作為雙胞胎出生的事，便會產生時間悖論，無法順利改變過去。

所以要做到不讓任何人發現，就連世界也察覺不了。

「儘管過去遭到改變，但無論妳們還是艾維斯都會誤以為米夏是用『分離融合轉生』創造出來的，至今為止的人生、世界的歷史都不會有絲毫變化，作為結果改變的只有一件事——就是儘管到了明天零時，米夏依舊會在這裡。」

雖然露出難以置信的表情，莎夏依舊問道：

「……真的能做到這種事嗎……？」

我明確點頭。

「皇族的話就能施展起源魔法吧？」

「是能施展啦……」

我看向米夏，她也點點頭。

「必須由妳們來施展『時間操作』，因為即使讓我回到過去也無濟於事。得讓妳們的根源回到過去，打從最初就作為米夏與莎夏出生。」

「……等等，我雖然知道起源魔法的基礎，但實在難以施展這種大魔法……」

「所以我才施展了『魔王軍』。」

我們三人的根源經由「魔王軍」的魔法線連結在一起。如此一來就能將我的魔力灌注給她們，也能經由魔法線輔助她們施展魔法。

「魔力與魔法的施展就交給我吧。妳們要做的事情只有一件，就是用魔眼注視著起源。作為對象的起源有兩個。」

我豎起兩根手指。

「一是妳們自己的起源。看清楚妳們還在母親胎內的時候吧，要藉此決定『時間操作』回溯的時間。」

只要確實窺看到當時的起源，就能回溯到十五年前。

「還有一點，這點相當重要。為了讓魔法成立，妳們借取力量的起源得是魔王始祖才行。」

起源魔法利用了古老事物寄宿著魔力的法則。

至於說起「若要跟兩千年前的我借取力量，跟現在的我借取力量不就好了」，事情並沒有這麼簡單。

施展起源魔法之際，跟兩千年前的我借取力量會來得強大許多。這兩千年的歲月會增強魔力，使魔法變得更加穩固。

在此說明麻煩的魔法概念也無濟於事就是了。

總而言之，我只想說一件事。

「聽好了，我是始祖，妳們所相信的暴虐魔王是被捏造出來的冒牌貨。必須相信我是始祖來施展起源魔法，否則『時間操作』無法成功。」

米夏與莎夏面面相覷。

然後，她們像是做好覺悟般互相點頭。

「我相信你。」

米夏說道。

「反正我也只能依賴你了。既然仍留有些許可能性，就算是惡魔我也會相信。」

莎夏如此說道。

「別忘了妳這句話。」

我舉起手，在室內畫起「時間操作」的立體魔法陣。

以莎夏與米夏為中心，我在轉眼間組成超越時間的魔法術式。

並為了施展魔法而集中意識。

就在這瞬間——

轟！伴隨一聲巨響，天花板崩塌了。

崩塌的瓦礫堆隨著重力朝這裡砸落。

而一道遠快於這一切的黑影筆直地降落而下。

當我的視線捕捉到骸骨臉孔的瞬間，那傢伙已逼近至數公分之內的距離。

手中還握著一把宛如將黑夜凝聚起來的漆黑魔劍。

看來是神話時代的極品呢。散發不祥氣息的魔劍輕易突破了我的反魔法，劃破皮膚，撕裂肉體，然後確實貫穿了心臟。

鮮血灑落。

「……阿諾斯……！」

莎夏發出慘叫。

「永別了，不知名的強大魔族。」

七魔皇老之一的艾維斯・涅庫羅發出低沉嗓音，像是要置我於死地將魔劍刺進我的胸口。

「……莎夏……」

「……我知道！」

米夏施展「創造建築」的魔法，以鋼鐵監牢覆蓋艾維斯的身軀。在這瞬間，莎夏將一切魔力灌注在「破滅魔眼」上。

「去死吧！」

砸落的瓦礫，以及周遭的一切物品，全都伴隨著聲響一齊碎裂。

「安靜點。」

艾維斯揮起一隻手，「破滅魔眼」被封殺，鋼鐵監牢被打破。他發動「拘束魔鎖」的魔法，用魔力鎖鏈綁住莎夏與米夏。

「妳們是寶貴的器皿，給我老實待著。再過不久，『分離融合轉生』就會完成，始祖將會轉生於此。」

艾維斯仰望天空，注視著灑落的月光。

「喔，原來如此。也就是說『分離融合轉生』是用來製作始祖轉生器皿的魔法嗎？」

艾維斯驚愕地看著心臟被魔劍貫穿的我。

「……怎麼可能……魔劍加多造成的傷勢理應無法恢復……」

打從剛才起，恢復魔法確實一點效果也沒有。

但也就只有這樣了。

「不過是貫穿了心臟，難道你以為我就會死嗎？」

我一把抓住艾維斯的臉。

正是為了引他到這麼近的距離來，我才特意吃下這一擊的。

「我就在想你差不多要來了，艾維斯‧涅庫羅。你將耗費千年研究的融合魔法施加在自己子孫身上，我可不認為你是會眼睜睜看著這一切功虧一簣的蠢蛋呢。」

我在他體內畫起魔法陣。

面對神話時代的魔族，半吊子的魔法是不管用的。

「抱歉，我沒時間陪你玩，請趕快退場吧。」

然後將凝聚起來的魔力一口氣打進艾維斯體內。

「『獄炎殲滅砲』。」

在艾維斯體內出現的漆黑太陽，瞬間將他張開好幾層的反魔法撕個粉碎，從內部毀滅了他的軀體。

黑光從艾維斯身上溢漏，將他劇烈震開。

「呃……嘎啊啊……這股魔力……究竟是……怎麼可能……不只魔法知識，甚至比我……還要強……！」

被炸飛的艾維斯拚命抵抗著在體內肆虐的「獄炎殲滅砲」。

「唔，畢竟是神話的魔族，相當頑強呢。」

我從自己的心臟上拔出魔劍加多……

「這把魔劍造成的傷勢無法恢復吧？」

接著將魔劍加多朝艾維斯投出。

這把漆黑之劍即使像是被吸進去般刺穿艾維斯的骷髏頭，依舊沒有停下，拖著他的身體飛起，使他就這樣被魔劍釘在牆壁上。

「呃……嘎啊啊！」

就這樣吧。儘管還沒死，但他至少暫時無法反抗。

我施展反魔法切斷綁住莎夏與米夏的「拘束魔鎖」。

「沒事吧？」

兩人點了點頭。

唔，距離零時還有十五秒嗎？綽綽有餘呢。

不過一旦要改變過去，接下來才是重點。

「好，最後一步了，相信我吧。」

我將魔力注入構築的魔法陣，發動起源魔法「時間操作」。

§26 【時間守護神】

「魔力時鐘」指向十一點五十九分五十五秒。

莎夏與米夏朝著她們所注視的起源施展「時間操作」的魔法，將兩人的根源引導回過去。

「魔力時鐘」的秒針動了，指著五十六秒。

隨後，世界染成一片白色。

地面、天花板、牆壁……所有的一切都變得純白。

時間又過了一秒、兩秒。

「魔力時鐘」的秒針卻毫無動作。

因為這個場所、這個空間與世界隔離開來了。

「來了嗎？」

就在此時，眼前空無一物的空間被切開，露出白銀的刀尖。宛如隱藏在空間之後的某人為了侵入這裡而割開布幕一樣。

光看刀尖，切開空間的武器像是一柄奇怪的長槍，但我很清楚那是把鐮刀。

「那是什麼……？」

莎夏不自覺地驚訝說道：

「……魔力深不見底……」

米夏說道。除了我之外，她還是第一次遇到魔力深不見底的人吧。

「給我專心注視起源，魔法還沒有完全成立。而且這傢伙也不是妳們有辦法對付的對手。」

像是要將切開的空間給拉大似的，突然出現了一雙戴著白色手套的手。那傢伙以雙手扯開空間，緩緩出現在這一側。

對方穿著純白的兜帽長袍，無論再怎麼集中魔眼（目光）都看不到臉孔，或許它根本沒有臉。

「喂，阿諾斯，那究竟是……」

莎夏再度問著我。

「時間守護神——猶格．拉．拉比阿茲，簡單來說就是守護時間秩序的神。」

「……你說是神！」

莎夏不禁傻眼說道。

「這可是要大幅改變過去，神當然會來了。祂們似乎怎樣也無法容忍有人擾亂時間的秩序呢。」

猶格．拉．拉比阿茲轉過身來。

一發現我，他便如此說道：

「——無法原諒——」

光是發出莊嚴的聲音，就讓空間劇烈震盪起來。

「喔，我還是第一次遇到會講話的個體呢。」

經過兩千年，連神也會變嗎？

「——無法原諒——」

猶格．拉．拉比阿茲再度發聲。

「唔，如果可以，祢能夠當作沒看到嗎？說是改變過去，也只是要拯救一名魔族。還是說身為神的存在，就連讓這世上少一樁悲劇都不允許嗎？」

「——無法原諒——」

一旦想用魔法改變過去，試圖阻止這件事的超自然力量便會作用。

這個世界的秩序、這個世界的法則，又或者該說是天意——這些概念的具象化即是守護神。

時間守護神猶格．拉．拉比阿茲會藉由除掉改變過去的原因，取回時間的秩序。

也就是說，祂會試圖殺掉「時間操作」的術者。

「哎呀哎呀，即使過了兩千年，祢們依舊心胸狹窄，就像在說這是屬於自己的專利一樣，無法容許神以外的存在引發奇蹟。」

無視人類的祈禱，踐踏魔族的尊嚴。

不去拯救任何人，只會維持秩序的神，究竟有什麼價值啊？

「祢們擅自決定的這個世界的規則太不講理了。抱歉，我可不打算遵守這種東西喔。」

「——無法原諒擾亂時間的流向，向汝下達時間的制裁——」

猶格・拉・拉比阿茲伴隨著光芒消失。

下一瞬間，祂來到被釘在牆上的艾維斯・涅庫羅身旁。

祂打算做什麼？

「——七魔皇老，艾維斯・涅庫羅——」

猶格・拉・拉比阿茲一舉起手，魔劍加多就像倒帶似的被拔除，掉落地面。

眼見艾維斯被穿刺的臉孔逐漸恢復。

魔劍加多造成的傷勢無法恢復。時間守護神那傢伙是倒轉了艾維斯的時間，回溯到被魔劍加多刺穿之前、被「獄炎殲滅砲」焚燒之前。

然後，艾維斯的身體就完全恢復了。

不對，是讓他變得不曾受傷過。

「——授予你時神之力，消滅阿諾斯・波魯迪戈烏多——」

猶格・拉・拉比阿茲化為光芒，彷彿被吸進艾維斯體內般迅速消失。

只留下祂手中的白銀武器「時神大鐮」。

「呵呵呵呵……」

耳邊響起低沉的笑聲——是艾維斯的聲音。

「即使是你，也沒料到事情會變成這樣吧，阿諾斯·波魯迪戈烏多。」

艾維斯拿起「時神大鐮」。

與方才難以相提並論的魔力從他的體內滿溢而出。

「……神之力……」

米夏喃喃低語。畢竟她有著一雙好魔眼。

只要窺看他的深淵，就會知道他的根源滿溢著時間守護神獪格·拉·拉比阿茲的魔力。

「如今的獪格·拉·拉比阿茲，會藉由給予和『時間操作』術者敵對的人力量，更有效率地抹殺擾亂秩序的對象呢。」

也就是艾維斯的魔力加上獪格·拉·拉比阿茲的魔力嗎？

不過，比起這種事……

「你剛才說了『如今的』對吧？艾維斯。」

艾維斯沒有對我的話做出反應，只是從容地注視著我。

「說得好像你曾經看過以前的獪格·拉·拉比阿茲呢？」

照理說他應該不知道「時間操作」的魔法，既然如此，當然也不可能知道猶格．拉．拉比阿茲的存在。哪怕萬一是在我展示過「時間操作」後，從其他七魔皇老那裡聽來的，剛剛的台詞依舊很不自然。

他打從一開始就知道並說謊了——這是最為合理的解釋。

「你在隱瞞什麼？」

「與即將死去的你無關。」

呵……咯咯咯！哎呀哎呀，居然在這種時候惹我發笑。

「咯哈哈！即將死去？別在那邊狐假虎威了，會讓人看穿你的斤兩喔。」

我在身前畫起魔法陣，發射「獄炎殲滅砲」。

漆黑的太陽宛如彗星般拖曳著閃亮的尾巴，襲向艾維斯。

卻見他揮動「時神大鐮」，將「獄炎殲滅砲」一刀兩斷。

宛若被時空吞沒似的，漆黑的太陽瞬間被消滅掉了。

並非反魔法，也不是用攻擊魔法抵銷。而是將「獄炎殲滅砲」的時間倒轉，變得不曾發生過。

「無論怎樣的魔法，只要倒轉時間就會消失。你的攻擊對我無效。」

「你好像很高興呢，艾維斯。」

聽到我如此訕笑，他看似不愉快地瞪著我。

「不過是擋住一道魔法，怎麼就得意起來啦？既然你真的想贏，就該擺出『擋下來是理所當然』的表情吧。」

接著，我畫起六門魔法陣，發射六發「獄炎殲滅砲」。

「『溯航屏障（gazeruta）』。」

艾維斯揮動大鐮，在身前展開魔法屏障。「溯航屏障」會將接觸到的魔法倒轉回發生之前的狀態，使其變得不曾發生過，在反魔法上幾乎可說是無敵之盾吧。受到「溯航屏障」阻擋，六發「獄炎殲滅砲」輕易地煙消雲散了。

「縱使你想逞強，又打算如何突破能倒轉時間的魔法屏障呢？」

我忍不住哼笑一聲。

「有什麼好笑的？」

「已經突破了。」

當我回答的瞬間，只見艾維斯的魔法屏障內側出現了六發「獄炎殲滅砲」。

「什麼……？」

他就這樣被漆黑的太陽吞沒，身體燃燒著黑色火焰。

「『溯航屏障』是讓魔法時間倒轉的魔法屏障，普通的『獄炎殲滅砲』會在接觸後立刻消失。但只要發射預先倒轉時間的『獄炎殲滅砲』反而會恢復正常。也就是倒轉的倒轉——會出現普通的『獄炎殲滅砲』。」

倒轉時間的「獄炎殲滅砲」一般而言沒有任何用途，因為倒轉時間而不會為世界帶來任何影響，也就是跟魔法沒有發生一樣。但「溯航屏障」會將倒轉的時間再倒轉回來，代表時間將恢復正常，變成魔法發生後的狀態。

總而言之，最初發射的六發「獄炎殲滅砲」是誘餌，然後以此作為掩護，我再發射六發倒轉時間的「獄炎殲滅砲」。當然，這是與「時間操作」合併使用，讓魔法的時間得以倒轉。

「儘管借用了猶格．拉．拉比阿茲的力量，你對時間概念的預習卻不太夠，不是嗎？」

黑暗火焰的中心傳來低沉的回答：

「你說的沒錯，我太小看你了。」

「獄炎殲滅砲」消失了，艾維斯毫髮無傷。

「但得到猶格．拉．拉比阿茲之力的我乃是不死之身，你是傷不了我的。」

猶格．拉．拉比阿茲是支配時間的神，能自由自在地倒轉或加快自己身體的時間。即使想傷害祂，一旦祂停止身體的時間便無法如願；萬一受傷了，祂也只要倒轉時間就好。

祂是永恆且不死的存在，所以得到這股力量的艾維斯同樣也是不死之身。

若要對抗猶格・拉・拉比阿茲，方法只有一個……

「我很清楚，你的目標是這個吧。」

艾維斯高舉「時神大鐮」。就算是我的「時間操作」，也無法操控時間守護神猶格・拉・拉比阿茲本體的時間，但只要使用「時神大鐮」便能辦到。

祂所持有的「時神大鐮」，正是唯一能讓時間守護神永恆的時間化為有限的方法。

「很遺憾，我不會讓你得逞。」

艾維斯將「時神大鐮」轉了一圈對準自己，讓刀尖刺進自己的腹部。

「『魔法具融合（jie.izemu）』。」

立體魔法陣覆蓋艾維斯的全身。

他的骸骨身軀泛起白銀光澤，雙臂出現銳利的刀刃。

他與「時神大鐮」融合了。

「好了，你要怎麼做？這樣我就沒有弱點了。」

一般的融合魔法有著時間限制，但既然他得到了猶格・拉・拉比阿茲的力量，想必就不會受到時間影響了吧。

如此一來，我便無法使用「時神大鐮」打倒艾維斯。

再加上憑藉「魔法具融合」，他的魔力也增強了十幾倍之多。

「況且你的弱點可是一覽無遺喔。」

艾維斯使勁揮下與大鐮同化的銳利雙臂。

面對彷彿即將從空中切開地面般、自遠距離襲來的巨大魔法斬擊，我像是要構築防壁似的全力展開反魔法。

魔法與反魔法劈啪作響地相互抗衡，激烈地迸出火花。

他的目標是我身後的米夏與莎夏——

「唔，真奇怪。你之所以想親手破壞用來讓始祖轉生的重要器皿，是因為還能再輕易製作出來嗎？或是說——」

艾維斯並未理會我的詢問，更加使勁對雙臂注入魔力。

「有什麼不惜毀掉難得準備的器皿也要殺掉我的理由？」

「你已經沒有餘力說話了吧，形勢早已逆轉嘍。」

啪嚓！我展開的第一層反魔法粉碎了。

「真了不起。施展『魔王軍』的你明明受到魔王職階特性的影響，總魔力應該下降了三成左右，而且還提供那兩人足以施展『時間操作』的魔力，控制著兩人份的魔法施展，卻依舊能抵擋我得到神之力的一擊到這種程度。」

嘰嘰！第二層反魔法粉碎。

「……阿諾斯……！」

「…………」

莎夏與米夏擔心地望著我。

「你可真溫柔。運用『時間操作』改變過去這點尚未結束吧？雖說有熟練者協助，要控制起源魔法依舊相當困難，你還是趕快放棄她們，捨棄那兩個累贅吧。」

一如艾維斯所言，將莎夏與米夏的根源送到十五年前的「時間操作」仍在半途。魔法沒有完全成立的理由只有一個——就是她們兩人還沒有徹底相信我就是始祖。即使腦袋這麼想，然而若未發自內心、根源相信，起源魔法便無法完成。

「但縱使沒有累贅，結果也依舊相同就是了。」

嗶嘰！第三層反魔法被破壞了。

反魔法只剩下第四層。

「……阿諾斯，已經夠了！再這樣下去我們全都會死。就算只有你……！」

「快逃！」

莎夏與米夏說道。

「唔，哎呀哎呀，這就是原因了。妳們要是覺得我有萬分之一的可能性會輸，便怎樣都無法相信我是始祖了吧。」

「現在不是說這種事的時候……」

「別擔心，這不過是在妳們完成起源魔法之前爭取時間罷了。」

嘰！刺耳的聲音響起，最後的反魔法被突破了。

「真虧你能虛張聲勢到這種地步。然而……結束了。」

艾維斯高舉雙臂的鐮刀。

我立刻朝米夏與莎夏重新展開反魔法。

「我就知道你直到最後都會保護她們兩個，阿諾斯・波魯迪戈烏多。」

之前還在遠處的艾維斯聲音一瞬間在我的耳邊響起。

加速自己的時間，以幾乎零秒逼近我身旁的艾維斯，將右臂刺進了我的腹部。

「你疏忽了自己的反魔法呢。」

寄宿在艾維斯手臂之中的「時神大鐮」讓我身體的時間失控了。

「就這樣被永劫的時間吞沒消失吧。」

白銀之光吞沒了我，加速時間。十億年——百億年——不，我瞬間被施加了永劫的時間，即使是魔王的身軀，也無法活在無限的時間之中，終究還是腐朽殆盡。

隨著光芒迸散，經過永劫時間的肉體消滅，徹底死亡。

「呵……呵呵呵呵，呵哈哈哈哈！怎樣？怎樣啊！知道厲害了吧，愚蠢的始祖啊，命運是無法改變的。早在我成為不死之身時……不，是早在兩千年前你逃避戰鬥的那刻起，就註定今天會有這種下場了！」

唔，原來如此，總算說出心聲了呢。

「雖然我不知道你在消除過去後，為什麼還能保有記憶，但看來你並非忘了我呢，艾維斯。」

我從背後輕拍他的肩膀。

艾維斯一副難以置信的樣子，緩緩轉頭看來。

「……怎……麼會……？你應該確實死了……」

艾維斯誕生時，戰爭已經要結束了。

雖說是神話時代的魔族，卻不知道真正的魔法戰。

「只不過是殺了我，難道你以為我就會死了嗎？」

艾維斯啟動魔眼。然而沒有任何機關，我剛才確實被殺了。

「別驚訝，我只是施展了『復活』。」

「……只靠根源……就施展了魔法嗎……？連一滴血也沒用……」

即使肉體毀滅，作為魔力泉源的魔之根源依舊留著，窮極魔法之人只靠根源就可以施展魔法，正因如此才得以實現轉生的絕技。只要在死後三秒內施展，便能確實讓肉體復活。

「不過……！」

艾維斯瞬間移動，逃到我後方十公尺左右的位置。

他的腳邊畫起了魔法陣，白銀世界隨即一口氣擴展開來——那是能停止萬物時間的大魔法。白銀的結界以球形逐漸擴大，一旦踏入內側，一切都會停止……並非瞬間，而是永恆。

「唔，畢竟是神話的魔法呢。」

在時間停止的世界裡，我慢慢踏出一步。

「什麼…………」

「只是停止了時間，難道你以為就能讓我停下腳步嗎？」

「怎麼可能……？為什麼沒有停止！為什麼？」

艾維斯拚命灌注魔力，卻是徒勞無功。

我的眼睛浮現「破滅魔眼」，一旦映入視野中，不僅萬物，就連魔法也會毀滅。這雙魔眼乃是究極的反魔法。

「……這股魔力究竟是什麼……？你可是施展了『魔王軍』的魔法喔。儘管還帶著兩個累贅，卻依舊遠遠凌駕於獲得神之力的我之上嗎……？不可能，這種事情絕對不可能……！」

「你還記得這是哪裡嗎？艾維斯。」

我一面這麼說，一面朝著艾維斯筆直走去。

「在魔王城挑戰魔王是什麼意思，就讓我來告訴你吧。」

此處朦朧地瀰漫著漆黑的光粒子。

下一瞬間，光粒無盡地增加，充斥整個室內。

大量魔法文字密密麻麻地畫在牆壁、地板與天花板等處。

魔王城現出了真正姿態——阿諾斯．波魯迪戈烏多所持有的最強魔法具。

作為巨大的立體魔法陣——

§ 27 【魔王】

「來吧，貝努茲多諾亞。」

回應我的呼喚，升起的無數漆黑粒子全都集中到我腳邊。

一道劍形的影子浮現。沒有投影的物體，唯有影子存在。

我舉起手，影劍緩緩浮到空中。

我握住劍柄。

瞬間，影子反轉，出現了一把闇色長劍。

「你說過這是命運吧，艾維斯。」

我揮下闇色長劍說道：

「說你那寄宿著猶格．拉．拉比阿茲之力的身軀掌管著時間，是永劫不變的不死之身。」

艾維斯將全部魔力注入白銀世界裡。

在萬物靜止的空間，我從容地踏出一步。

「我得到了神之力……乃是神……」

由於魔力消耗過度，猶格．拉．拉比阿茲的意識浮現到了表層。

「我乃世界的意志，得到天意之力的我乃是不死之身……」

不，這是混合了嗎？

看來是與「時神大鐮」融合的結果吧。艾維斯與猶格．拉．拉比阿茲的意識逐漸同化。

「時間的流向無法改變，神所制定的命運乃是絕對。」「正因如此，命運無法推翻。」

艾維斯的右臂化作巨大鐮刀。

非比尋常的魔力從那裡猛烈溢出。

「奇蹟不會發生，此乃神之作為。」「正因如此，兩隻才活了十五年的渺小魔族，理應無法得到這種恩惠。」

猶格．拉．拉比阿茲與艾維斯同時開口。

「命運？天意？奇蹟？咯咯咯……咯哈哈哈！」

我發自內心大笑。

「你這是在誰的面前說話？秤秤自己有幾兩重吧，卑鄙小人。」

我踏出一步。

「莎夏說過，要打破這種命運。」

我再踏出一步。

「米夏說過，發生了兩次奇蹟。」

我接著再踏出一步。

「竟敢嘲笑我的部下灌注靈魂而堅強道出的話語，我可不會坐視不管。」

我朝著舉起大鐮的艾維斯從容前進。

「愚蠢。」「你還自以為是魔王嗎？愚蠢的始祖，沒人會相信你的！你就獨自寂寞地默默消失吧！」

大鐮朝我揮下。

我從容地徒手接下斬斷時間、切開空間的這一擊。

「魔王是什麼？力量？稱號？權力？立場？」

「全都是。」

「不，全都不是，我就是我。膽敢對我的部下動手，無論是命運抑或天意都要徹底毀滅——這就是魔王。」

我霍地舉起闇色長劍。

而後，我朝向望著此番光景、時間遭到停止的兩名部下說道：

「縱使妳們不相信我也無所謂。但是莎夏，如果妳希望，我便會打破命運；米夏，如果妳說奇蹟發生了，我就讓奇蹟真的發生。」

不管相不相信，怎樣都無所謂。

「無須請求、無須祈禱，只要走在我背後。所有阻擋在妳們面前不講理的事物，我現在就將它們徹底毀滅！」

我如此高聲宣言。

耳邊隨即響起了聲音。

「……阿諾斯……！」

在時間停止的世界裡，莎夏微微動起嘴巴。

她啟動了「破滅魔眼」。

灌注全部魔力，拚命抵抗著停止的時間。

這股力量也影響了米夏。

「……阿諾斯……」

她們沒有再多說什麼。

然而兩人的心聲透過「意念領域」流了過來。

——我想改變命運——

莎夏堅定的意志與溫暖的心閃過我的腦海。

無數想法不斷溢出，湧入我心中。

——我想拯救妹妹。

——曾以為我活得夠久了，像這樣自欺欺人。

——但要說自己沒有遺憾，果然是騙人的。

——畢竟我就連戀愛的滋味都還不太清楚。

——還沒接吻就死去的人生也太慘了。

——但這也是沒辦法的事，我們已經沒有時間了。

——然後，我遇見了你。

——不使用反魔法就能直視我眼睛的人。

——擁有相同眼睛的人。

——就只是這樣，連我也覺得自己廉價得太過可笑。

——但這樣就好。

——「打破命運」，你說得非常簡單的這句話……

——給了當時的我勝過一切的勇氣。

——我將最初也是最後的吻獻給了你，想說這樣應該就沒有遺憾了。

——但是、但是……假如……

——假如能實現，我想知道這份戀情的後續。

輕輕地，聲音在我心中響起。

——十五年就是我的一生——

米夏平靜的心與包容一切的溫柔感動了我。
她的決心和微不足道的心願滿溢而出。

——我什麼都不害怕。

——因為我打從一開始就不存在於任何地方。

——儘管如此，我依舊莫名地想要回憶。

——我想要朋友。

——但對於不存在的我，沒人肯跟我說話，或是願意叫我的名字。

——然而阿諾斯向我搭話了。

——你叫我米夏。

——每當你不斷不斷地呼喚，我的胸口就會發燙，彷彿自己是活著的——

——好高興、好溫暖，幾乎讓我忘了自己並不存在。

——我沒有任何遺憾了，因為我的人生發生了兩次奇蹟——

——不過——

——要是還有第三次——

——就像收到生日禮物一樣——

「……救我……」

米夏說道。

理應做好消失覺悟的少女明確地呼救了。

「救我，阿諾斯，我就在這裡。」

聽到她的呼喊，莎夏眼中落下淚水。

她像是請求般的喊道：

「……喂，拜託你救救我們，阿諾斯。這種只能有一個人活下來的命運……這種命運……太過分了……！」

宛如受到兩人的聲音推動，我緊握起劍。

「沒用的，我是永恆不滅的存在，此乃世界的意志。」

「嗯，那我就試看看吧。」

我輕鬆撥開大鐮，再踏出一步，躍進艾維斯的懷中。

劍身散發漆黑魔力，形成彷彿一把巨劍的模樣。

「——利用這把貝努茲多諾亞。」

我將張開好幾層的反魔法悉數打破，闇色長劍輕而易舉地斬斷了艾維斯。

「……沒用的……」「掌管時間的這具身軀即是天意……無論怎麼做……」

啪噠！艾維斯的右臂墜落而下。

他忍不住驚愕叫道：

「……這是……怎麼回事……？」「……無法恢復……無法恢復……不可能……不可能……天意……崩潰了……」

「怎麼啦，不滅的存在？世界的意志還真是意外地脆弱呢。」

我再度揮下闇色長劍，這次斬斷了艾維斯的左臂。

況且不管他再怎麼倒轉，時間都沒有恢復原狀。

「怎麼可能……？為什麼？即使停止時間也一樣被斬斷；就算倒轉時間也無法恢復！」

我又一次揮下闇色長劍，斬斷艾維斯的雙腳。

「……怎麼可能……怎麼可能！那把劍到底是什麼？我從未聽說始祖持有魔劍啊！」

「當然。我很少有機會拔出貝努茲多諾亞，見過的人也都連根源也不剩地被我消滅了。沒人轉述，自然就不可能留下傳承了吧。」

我用劍指著艾維斯的喉嚨。

「作為臨死前的禮物，我就告訴你吧。理滅劍貝努茲多諾亞——能毀滅萬物萬象的始祖魔劍，無論天意、命運，抑或奇蹟，在我眼前都只能俯首消失。」

不管多麼堅固、多麼永恆、多麼無限，貝努茲多諾亞都能連同其道理一起毀滅。在這把理滅劍之前，一切道理皆不具意義。

「可惡……！」

艾維斯想以「飛行」飛離逃走，卻被我一把抓住了臉。

「就讓你再也無法假裝忘記，連同恐懼一同刻在你的頭蓋骨上吧。我乃魔王——阿諾斯·波魯迪戈烏多。」

我將理滅劍貝努茲多諾亞刺進他的喉嚨。

他的根源頓時逐漸消散。

「可、可惡……！可惡……！可、惡……！」

他發出臨死般的慘叫。

不知這是艾維斯的叫聲，還是猶格·拉·拉比阿茲的叫聲？

「……可惡……不受……天意管束……的……不……適……任……者……！」

伴隨著艾維斯與猶格·拉·拉比阿茲的身體，兩個根源一起被消滅了。

哐啷！留下來的唯有「時神大鐮」。

§28 【生日】

「唔，這還是第一次沒弄壞就拿到手呢。」

我撿起「時神大鐮」。

真正的魔法具會選擇主人。我跟這把大鐮的適合性似乎很差，總是為了打倒猶格・拉・拉比阿茲而勉強使用，把它給弄壞。

我舉手畫起魔法陣，將「時神大鐮」吸收進去，送到藏寶庫裡。往後或許能派上什麼用場吧。

接著——

我朝艾維斯消滅之處啟動魔眼。

看來果然沒錯，我就覺得魔力的流動有點怪。

「『復活』。」

我滴下一滴血，在詠唱魔法的同時畫起魔法陣。伴隨光芒，一具骸骨的身體復活了，是艾維斯・涅庫羅。

一旦消滅根源，即使是「復活」也無法讓人再生。至於艾維斯為什麼能死而復生？答案只有一個——理滅劍貝努茲多諾亞消滅了兩個根源，對我發出敵意的兩個根源，一個是魔族的，另一個是猶格．拉．拉比阿茲的。

但這裡尚有一個根源。因為早在與猶格．拉．拉比阿茲融合之前，艾維斯就已經是兩個根源的融合體了。

「覺醒吧，流淌著我的血的部下。」

受我賦予魔力後，骷髏頭的眼窩浮現光芒。

他茫然地注視著我說道：

「……我遺忘了很長一段時間……忘了自己的主人……如今也回想不起來，但我的根源仍記得這份恐懼。看到你戰鬥的模樣，我總算注意到了……」

艾維斯站起身，隨即向我下跪。

「請原諒我，我所敬愛的魔王，阿諾斯．波魯迪戈烏多大人。」

看來這傢伙才是真正的艾維斯．涅庫羅呢。

「發生了什麼事？」

「……我不清楚……我的記憶依舊被消除了……不過，大概是兩千年前吧，在阿諾斯大人轉生之後，我恐怕是遭某人殺害了，然後根源遭到融合，被某人奪走了身體。」

只是推測嗎？

畢竟他的記憶被徹底消除了，這也沒辦法。

「大魔法訓練時，在教室和我對話的就是那個某人嗎？」

艾維斯點點頭。

也就是說，那個某人殺害了艾維斯後，藉由與他的根源融合而一直扮演著七魔皇老之一的艾維斯．涅庫羅嘍？

他知道我就是始祖，還想殺了我。

「時間操作」與「追憶」只會對施術對象發揮效果。

大魔法訓練時，我想讀取的是艾維斯的記憶。但由於被消除了，當然讀不到。

即使我想讀取與艾維斯同化的某人過去，然而要是不知道那傢伙的起源，就不可能做到。

「原來如此，看來他是故意讓我看到未完成的融合魔法基礎術式呢。」

只要讓我相信融合時間有限，或是效果非常短暫，我就不會懷疑艾維斯的根源有可能和某人融合了。

「其他七魔皇老也跟你一樣被消除記憶了嗎？」

「恐怕如此。也有可能是被當中的某人消除了記憶。」

背叛嗎？不是不可能呢。不過胡亂瞎猜也無濟於事。

我以指尖碰觸艾維斯的額頭。

「這是正確的記憶，你就收下吧。但就只有從你誕生後到我轉生前這短暫期間的記憶。」

我透過「意念通訊」將記憶傳給艾維斯。

「請下令。」

「與你融合的某人恐怕是阿伯斯・迪魯黑比亞的手下吧。儘管這是他真的存在的假設，然而無論如何，毫無疑問有著知道我是始祖，並與我敵對的傢伙在。」

要是讓與艾維斯融合的魔族活下來，或許便多少能得到一點情報，不過現在想這些也沒什麼幫助。對方持有猶格・拉・拉比阿茲的力量，我可沒辦法隨便手下留情，況且這次得以莎夏與米夏為優先。

「阿伯斯・迪魯黑比亞想必在監視我吧。神話時代的魔族相當棘手，即使殺了也會轉生。要是他大搖大擺地出現在魔王城裡，我就能讓他成為理滅劍的劍下亡魂了，但他當然不會這麼蠢。」

艾維斯低頭聽我說道。

「就先如他所願吧。我將一如往常地過著悠閒的學院生活，要是他懷有某種企圖，想必近期內會有所動作吧。不過一旦被我發現，他說不定會夾著尾巴逃走，如此一來，對方下次出現也有可能是幾萬年後了。」

魔族的壽命很長，魔力強大者則更加長壽。既然是會費心做到這種程度的傢伙，無論經過多少時間，對方都會等待最好的動手機會吧。

「聽好，你已經死了。如此一來，阿伯斯·迪魯黑比亞想必也會放鬆警戒。」

也就是使對方以為艾維斯已死，讓他在幕後打探對方的目的。

「先去調查七魔皇老吧。」

「遵命。」

那麼，時間也差不多，該完成最後一步了。

「『過去改變』。」

我一施展魔法，染成純白的世界便倏地取回色彩。

「魔力時鐘」的指針轉了好幾圈後，再度正確地移動。這是因為猶格·拉·拉比阿茲被打倒，使世界的時間再度正常運轉。

當我注意到時，艾維斯已然離去了。

「……咦……？」

身後傳來低語聲。

我回頭望去，只見莎夏正仰望著天花板。

「……不是月光。這是……陽光……」

她驚訝地說道。

「猶格·拉·拉比阿茲出現時創造的那個空間，隔離於世界的時間之外。一旦殺害猶格·拉·拉比阿茲，便無法回到原本的時間。說是這麼說，頂多就是來到幾個小時後。」

「朝陽？」

米夏說道。

「沒錯。」

「……我還以為昨天就是最後了……」

我忽然笑起。

「就說我沒有不可能的事吧。」

米夏瞬間露出愣怔的表情。

接著，她點點頭。

「……嗯……」

隨後，莎夏往米夏背後用力撲了過去，緊緊地抱住她。

「米夏，太好了……真是太好了。那個、那個……」

莎夏露出難為情的表情說道：

「抱歉，之前說了『我最討厭妳』。其實我最喜歡妳，我想要米夏活下去。」

「我也是。」

米夏摸著姊姊的手說道：

「我想要莎夏活下去。」

「嗯。」

兩人開心地手拉著手，彷彿很高興能迎來這一天般的抱在一起。莎夏淚流不止，米夏則溫柔地摸著莎夏的頭。儘管這讓她哭得更厲害了，莎夏依舊開心笑著。

嗯，還真是溫馨的一幕呢。

我心不在焉地望著兩姊妹的模樣。不久後，她們兩個像是下定決心似的互相點頭，面向我。

「那、那個……阿諾斯……大人……？」

莎夏乖巧的態度讓我啞然失笑。

「你、你笑什麼啦……？啊，不，那個……」

她露出惶恐的表情。

回溯時間的起源魔法成功了。正因如此，我的「過去改變」改變了她們兩人的過去，讓她們像現在這樣活著。

也就是說，她們相信兩千年前的阿諾斯・波魯迪戈烏多是魔王始祖，成功將當時的我作為起源。

「莎夏，和平很不賴呢。」

我向不知所措的她說道：

「即使表現得有些無禮，也不會因此喪命。儘管我的確是厭倦了戰爭不斷的殘暴世界而轉生，眼下卻意外是個相當好的時代，我想開創這樣的世界。」

正因如此，我才將世界分為四塊，當初的計畫還滿順利的呢。

即使有著些許誤算。

「別這麼拘謹，妳吻我時的氣勢上哪去啦？」

「咦……等、等等……你在說什麼啦……！」

莎夏滿臉通紅。

一旁的米夏喃喃低語：

「……吻……？」

「不、不是！是、是朋友、朋友之間的吻啦！沒有其他意圖……！」

「喔，這樣啊。我剛剛可是靠著『意念領域』聽到妳的心聲，說什麼想知道戀情的後續──」

「啊啊啊──啊啊啊！啊啊啊、啊啊啊啊啊啊──────！」

望著想蓋掉我的話語、大吼大叫的莎夏，我從喉嚨發出哧哧笑聲。

「你笑什麼啦，雜種！先說好，那只是一時鬼迷心竅！我是因為說不定要死了，才會拿身邊的人濫竽充數，就只是這樣！知道了嗎？」

像是惱羞成怒一般，對我這樣說著的少女實在太好笑了。

啊，這果然是個好時代。

「妳叫始祖雜種？」

「我管你是不是始祖，在這個時代，你的身體就是個雜種喔。」

這種令人愉快的說法讓我再次笑起。

「今後也要像這樣喔。」

「不用你說，我也會這樣做的。」

莎夏別開臉。

「米夏也跟以前一樣就好。」

米夏點點頭。

「阿諾斯是朋友。」

「的確呢。」

我看向「魔力時鐘」，時間是早上七點三十分。

「回去吧，在九點前回到入口就是滿分了。」

我指著莎夏手上的權杖。

「真讓人傻眼，你都做了這麼誇張的事，居然還會在意測驗的分數？」

「我雖然曾經改變好幾次過去，很不湊巧的是，我還沒在地城測驗中拿過滿分。」

莎夏瞠圓雙眼，隨即呵呵笑起。

「那就快走吧。」

「……死路……」

米夏用手指著前方。

「啊，的確呢。」

我「咚」一地踏響地板。

伴隨刺耳的聲音，房間的地形逐漸改變。

約一分鐘過後，本是死路的地方開出了通道。

「測驗結束後要來我家嗎？」

「有什麼事嗎？」

「媽媽應該準備了大餐等我。而且──」

我笑著說道：

「今天是妳們的生日吧。」

聽我這麼說，莎夏微微一笑。

「那就承蒙招待嘍。」

我看向米夏，她也點頭贊同。

「我去。」

我們三人並肩朝著地城入口走去。

§終章 【～笑容～】

我們在早上九點前抵達地城入口，向艾米莉亞繳出權杖。為了在學院檢查是否為真品，所以暫時交給她保管。

另外，由於地城測驗預定舉辦到今天清晨，二班將休課一天，剛好能用來舉辦生日派對呢。

施展「轉移」魔法，我們來到鐵匠兼鑑定舖「太陽之風」。

一開門，屋內的媽媽立刻轉過頭來。

「歡迎回家，小諾！」

媽媽以更勝平時的氣勢飛奔過來，將我緊緊摟在懷中。

眼中還莫名帶著些許淚光。

「居然到現在才回來，媽媽可擔心死嘍。」

「我說過搞不好要到今天早上才會回來了吧。」

「就算這樣、就算這樣，小諾也才一個月大，媽媽很擔心你會不會出事啊。」

她露出笑容，重新說道：

「歡迎回家，小諾。歡迎回家。」

唔，不過才一天沒回來就擔心成這樣……某種程度而言，媽媽照理說也知道我的魔法實力吧。哎呀，真教人難為情。

「我回來了。」

聽我這麼說，媽媽滿面堆笑地說道：

「歡迎回家，小諾。」

她再度抱住我。

「咦？」

看來總算注意到了，只見媽媽望向莎夏。

但她隨即莫名地嚇了一跳，接著露出察覺某事的表情。

「今、今天早上才會回來，今天早上才會回來……」

媽媽驚慌失措地大喊：

「居然是過夜宣言嗎啊啊啊啊啊啊啊啊啊啊啊啊啊啊啊啊啊啊啊啊啊啊——！」

那是什麼？

「所以我不是提過說不定會過夜了嗎？」

「我想你們過夜的意思不一樣喔。」

莎夏嘀咕道。

什麼，過夜在這個時代還有其他意思嗎？

「除了過夜外還有什麼意思？」

「該怎麼說好，就是那個啦，那個……也就是……」

莎夏突然變得語無倫次。

「是什麼？」

她低著頭，滿臉通紅地說道：

「……快、快樂的事……」

唔，我完全不懂。

我才這麼想著，便見媽媽猛然衝到莎夏身旁。

「小莎！」

「……什、什麼事？」

媽媽緊緊抱住莎夏。

「小莎！」

「所以怎麼了？怎麼了啦？」

媽媽的氣勢讓莎夏有點嚇到。她疼惜地摸著莎夏的頭，下定決心似的問道：

「妳、妳還好吧？小諾有溫柔對待妳嗎？」

莎夏的表情消失了。

「……那個，為了避免誤會，我先跟妳說──我們沒有做任何需要溫柔對待我的事唷。」

莎夏非常冷靜地糾正媽媽。

然而媽媽一聽她這麼說，彷彿更加吃驚般的張大了嘴。

「……請問怎麼了嗎？」

「沒、沒事，我能理解，我能理解，小莎，畢竟這種事因人而異嘛。嗯，沒關係，我不會在意唷。」

媽媽看似自顧自地理解了什麼，接著說服自己似的頻頻點頭。

受不了的莎夏只好追問：

「所以到底怎麼了？『這種事』是指什麼事啊？」

「可是……」

「好啦快說，是指什麼？」

媽媽莫可奈何地附在莎夏耳邊悄悄說道：

「喜、喜好是因人而異的，即使不被粗暴對待就興奮不起來，我也覺得沒關係喔。」

「妳是笨蛋嗎？」

莎夏面紅耳赤地大叫。

然後她傻眼似的把手放在頭上，左右搖著頭。

「就說妳誤會了。即使說是過夜也不是那個意思。妳看，米夏也跟我們在一塊。」

「咦咦咦咦咦咦咦咦咦咦咦咦咦咦——？三個人一起過夜嗎————？」

媽媽今天的氣勢也一樣無止無盡。

「小、小米覺得這樣可以嗎？」

米夏微歪著頭。

「……這樣……？」

與莎夏不同，米夏似乎聽不太懂。

「那個呢……那個……妳會不會覺得小莎不在比較好啊？妳能接受……嗎……？不能……對吧？」

媽媽小心翼翼地詢問後，米夏忙不迭地搖頭。

「三個人比較好。」

在這瞬間，工作室的門被「啪嗒」地推開，爸爸出現了。

開口第一句話──

「阿諾斯，別看爸爸我這樣，以前也是相當早熟的孩子喔，常被人說太早登上大人的階梯，總有一天會摔下來的唷，哈哈哈！」

沒人問你啊，父親。

「不過啊，上次光是聽你一次跟兩個人交往就夠讓我羨慕了，沒想到你居然玩三人行！」

即使驚慌失措到說溜了嘴，爸爸依舊將手放在我的肩膀上。

「這是實際上真的從大人的階梯上摔下來的爸爸所給你的忠告，阿諾斯。」

他一臉認真地說道：

「怎麼辦到的？教我。」

忠告上哪去了？

「喂，小米，他是怎麼做的，才能那個……像這樣跳過好幾個階段，一口氣登上大人的階梯？阿諾斯對妳們做了什麼？」

父親，你在問兒子的同班同學什麼事啊？

「……對我們很溫柔……」

「溫柔這種事誰都辦——」

話說到一半，爸爸像是注意到了什麼，「啊」地張大了嘴，彷彿看到什麼恐怖的東西般朝我說道：

「阿諾斯，你的技巧這麼好啊……？」

爸爸肯定誤會了溫柔的意思。

「就說不是了，今天是我們的生日，阿諾斯只是邀請我們來玩而已！」

莎夏拚命解釋著。

聽到她這麼說，遭受衝擊的媽媽下定決心似的握拳。

「對，沒錯，當事人都說可以，旁人也就不該再多說什麼了呢。」

看來誤會似乎還沒解開。

「放心吧，媽媽永遠都會站在小諾這邊，永遠都會支持小諾想做的事情喔。」

聽到媽媽這麼說，爸爸也頻頻點頭。

「也是呢。如果阿諾斯想這麼做，那就沒辦法了。既然他想做……」

不知為何，爸爸看似相當不甘心。

「既然這麼決定了，我這就去準備大餐喔。要舉辦小莎與小米的生日派對吧，那得烤個蛋糕才行呢。」

正當媽媽幹勁十足地前往廚房時，我忽然想起一件事。

「啊，對了，米夏，我有東西要給妳。」

米夏直盯著我瞧。

「是什麼？」

「把手伸出來。」

依循我的吩咐，米夏朝我伸出左手。

「伸出來了。」

魔法具與使用者會互相吸引。根據魔眼所見，套在無名指上似乎是最好的。

我將「蓮葉冰戒指」套在那隻手指上。

米夏把戒指拿到眼前，愣愣地注視著。

「米夏，生日快樂。十五歲的心情如何？」

她一如往常面無表情地看著我。

淚水卻潸然滑落臉頰。

她顫抖著聲音說道：

「我好怕。」

我就知道。

她一直都在忍耐吧。

「妳不用再逞強了。」

「……嗯……」

她點了點頭，雙眼再度撲簌簌地流下淚水。

莎夏微笑著，抱住米夏的肩膀。

然後——

「我懂，小米，很可怕吧……妳很努力呢。」

不知為何，什麼也不知道的媽媽插了話。

「……妳懂……？」

「嗯，我也是呢，在被求婚之前都很害怕喔。即使再怎麼相信對方，在一切塵埃落定前果然還是很可怕呢。況且小米的情況還有小莎在。」

米夏瞠圓雙眼。

「但放心吧，小諾是個說到絕對做到的人，無論小米還是小莎，他肯定會讓妳們兩人一起幸福喔。」

莎夏跟我都不知道該如何吐槽媽媽這番完全誤會的話語。

不過——

「……呵呵……」

米夏笑了。

「兩個人一起幸福？」

「嗯，沒錯，聽起來不錯吧？」

米夏想了一會，再次笑起。

宛如盛開的花朵。

「嗯。」

這是至今一直壓抑著內心情緒的少女，發自內心的笑容。

後記

這傢伙該怎樣才打得倒啊？說到讓人湧現這種心情的最終頭目，由於曾在各式各樣的輕小說、漫畫、動畫中登場，很快就能讓人聯想起吧，本作正是基於「想讓這種最終頭目作為主角」的老套想法創作而出的。

我非常喜歡遊戲中常見劍與魔法的奇幻世界觀，再套上我同樣非常喜歡的學園要素，並讓我同樣非常喜歡的魔王擔當主角……這部作品原本是網路小說，因而成了一股腦地疊加我最喜歡的要素，說起來還滿羞於見人、興趣全開的故事。

本作在網路上是以一話接一話的連載形式投稿的，說到最辛苦的地方，就是沒辦法在事後修正寫過的內容。大家或許會認為網路和書籍不同，能輕易地修正內容，然而即使修正本文，依舊無法修正看過作品的讀者腦中的故事。即使推理小說為了讓解謎合理，事後追加了一開始閱讀時確定沒有的香蕉，也只會讓人覺得這香蕉是在整人吧？情況就跟這點非常類似。

一話接一話投稿的網路小說，各話都必須設定小規模的起承轉合，加入能讓讀者享受的要素。而且將每一話連接起來後，還得形成一篇完整的故事。

一旦埋了伏筆，便會一如前述般難以修正，所以打從最初便必須構思好情節，並將這點牢記在心，絞盡腦汁地回想各話所寫的內容。

此外，或許有讀者會感到稀奇，但各節都設有副標題是本作自網路小說時所遺留下來的痕跡。儘管有很多在出書時改變章節構成的前例，但責任編輯吉岡大人表示這種形式也很方便閱讀，就算保持原狀也無所謂。於是我想說機會難得，便將網路版各話的標題也一起放上來了。

由於當中透露出我想將各話寫成怎樣的故事的苦惱痕跡，若是看著副標題，一面想像這會是怎樣的故事，一面閱讀該節的內容，說不定就能體會類似網路版的氛圍。

本作在出書之際受到許多人關照。承蒙責任編輯吉岡大人看完非常長篇的網路版內容，提供適合本作的建言與改稿提案，真是非常感謝。拜此之賜，本作的完成度得以比網路版更加提高。

此外，我也非常感激將本作世界觀，以及角色們的魅力畫得超乎想像的插畫家しずまよしのり老師，感謝你將阿諾斯他們畫得如此出色，真的很榮幸與您共事。

還有，多虧了閱讀網路版，留下超過七千則感想與勉勵話語的各位讀者，讓我能像這樣實現心願，我發自內心地感謝各位。

最後最重要的，是要向閱讀本書的各位讀者由衷獻上謝詞，謝謝各位。

關於第二集以後的內容，我也在網路上得到了諸如「非常有趣」、「倒不如說故事接下來才要正式開始」等令人感激的回響。當然，我不會讓內容跟網路版完全一樣，也想讓成品變得更加有趣。倘若能讓各位期待，想必沒有比這還要令人高興的事了。

那麼，希望未來還能與各位再見。

二〇一八年一月二日　秋

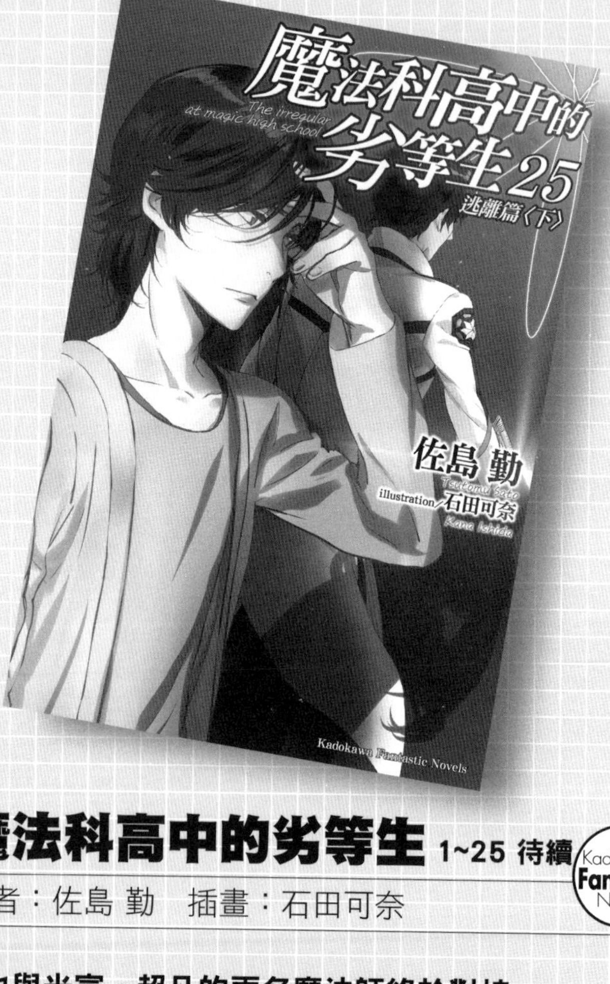

魔法科高中的劣等生 1~25 待續

Kadokawa Fantastic Novels

作者：佐島 勤　插畫：石田可奈

達也與光宣，超凡的兩名魔法師終於對峙。
同一時間，STARS爆發叛亂要暗殺莉娜？

遭十三使徒戰略級魔法襲擊的達也與深雪好不容易生還。然而水波一如昔日保護達也的穗波同樣陷入生死關頭。此外，為了應保護的事物與自身願望，光宣尋求禁忌的寄生物之力，與達也對峙。同時，STARS爆發叛亂要暗殺莉娜？魔法師的未來將何去何從──

各 **NT$180~280/HK$50~76**

線上遊戲的老婆不可能是女生？ 1~14 待續

Kadokawa Fantastic Novels

作者：聽猫芝居　插畫：Hisasi

事情終於穿幫！遺憾美少女亞子的存在
被英騎的媽媽知道了！

為了讓亞子假裝成正常的女朋友，線遊社眾人展開特訓……亞子究竟能不能克服婆婆的面試這關？明明還有後巷貓成立兩週年的紀念網聚，以及結婚紀念日等在後頭，這下到底要怎麼辦……？既遺憾又快樂的日常≒線上遊戲生活，婆媳見面的第十四集！

各 NT$190~250/HK$58~82

情色漫畫老師 1~10 待續

Kadokawa Fantastic Novels

作者：伏見つかさ　插畫：かんざきひろ

在命運的後夜祭上……
戀愛與青春的校慶篇就此開始！

千壽村征撰寫出太過情色的小說新作，引發了騷動，使征宗被村征的父親麟太郎叫去！而征宗等人決定前往村征就讀的女校參加校慶。一行人在逛校慶的同時，梅園花充滿謎團的學生生活也逐漸揭曉！

各 **NT$180~250/HK$55~75**

未踏召喚：//鮮血印記 1~6 待續

Kadokawa Fantastic Novels

作者：鎌池和馬　插畫：依河和希

為尋求通往「白之女王」的一線希望，
一群召喚師正在暗中行動。

一方是舊世代「箱庭的孩子們」城山恭介及比安黛妲；一方是新世代「白之信奉者」艾莎莉雅及狂信集團Bridesmaid。關鍵握在擁有古埃及地圖的護陵女祭司塞克蒂蒂手裡。召喚師們的目標是找到全世界所有資料沉眠之地「創立者的藝廊」——

各 **NT$240~280/HK$75~90**

天使的3P！ 1~10 待續

Kadokawa Fantastic Novels

作者：蒼山サグ　插畫：てぃんくる

《蘿球社》作者＆插畫家共同合作的最新作！
在展演空間登台的機會終於到來──

受到在東京有多次表演經驗的小學少女樂團邀約，小潤等人加緊準備，不過有待解決的問題仍堆積如山……大夥為了提昇演出表現，事情竟莫名其妙地演變成泳衣大戰──？克服各種練習和考驗（？），大家又更上一層樓的第10幕開演！

各 **NT$180/HK$55**

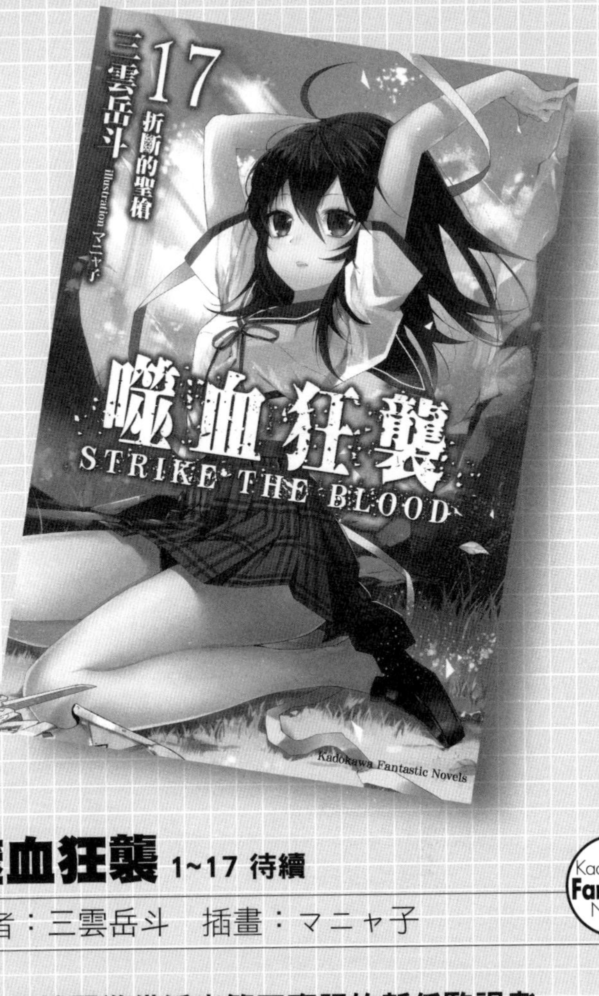

噬血狂襲 1~17 待續

Kadokawa Fantastic Novels

作者：三雲岳斗　插畫：マニャ子

獅子王機關準備派出第四真祖的新任監視者。
此時出現了容貌與雪菜一樣的神祕少女——

琉威與優乃跟出現在絃神島的未知魔獸交戰而身負重傷。妃崎霧葉向想幫琉威他們報仇而鬥志高昂的雫梨提議雙方聯手。另一方面，獅子王機關準備派出第四真祖的新任監視者。雪菜聽聞此事，難掩動搖。這時，出現了容貌和雪菜一樣的神祕少女——！

各 **NT$180~280/HK$50~85**

國家圖書館出版品預行編目資料

魔王學院的不適任者：史上最強的魔王始祖,轉生就讀子孫們的學校 / 秋作；薛智恆譯. -- 初版. -- 臺北市：臺灣角川, 2019.06-
冊； 公分
譯自：魔王学院の不適合者：史上最強の魔王の始祖、転生して子孫たちの学校へ通う
ISBN 978-957-564-999-9(第1冊：平裝)

861.57 108005770

Kadokawa
Fantastic
Novels

魔王學院的不適任者～史上最強的魔王始祖，轉生就讀子孫們的學校～ 1

（原著名：魔王学院の不適合者～史上最強の魔王の始祖、転生して子孫たちの学校へ通う～）

2019年6月12日　初版第1刷發行
2022年1月27日　初版第5刷發行

作　者：秋
插　畫：しずまよしのり
譯　者：薛智恆

發行人：岩崎剛人
總編輯：蔡佩芬
編　輯：彭曉凡
美術設計：吳佳昫
印　務：李明修（主任）、張加恩（主任）、張凱棋

發行所：台灣角川股份有限公司
地　址：104台北市中山區松江路223號3樓
電　話：（02）2515-3000
傳　真：（02）2515-0033
網　址：www.kadokawa.com.tw
劃撥帳戶：台灣角川股份有限公司
劃撥帳號：19487412
法律顧問：有澤法律事務所
製　版：尚騰印刷事業有限公司
ＩＳＢＮ：978-957-564-999-9
